講談社文庫

やぶへび

大沢在昌

講談社

目次

やぶへび

1

クリスマスは嫌いじゃない。ただし、いっしょに過《す》ごす女がいる場合に限ってだ。四十年の人生の中で、ほんの子供の頃をのぞけば、たいていクリスマスには誰かしら女がいた。

小学校五年生のときはハルカとファーストキスをした。中学三年のクリスマスには、ふたつ上のユミコが〝筆おろし〟をしてくれた。

それから二十五年、女のいないクリスマスは初めてかもしれない。

「ノーマネー、ノーハニー」とはよくいったものだ。懐《ふところ》がここまで寒ければ、女など作れる筈《はず》がない。

もっとも考えてみれば、人生の曲がり角にはたいてい女がからんでいて、結果必ずといっていいほど悪いほうに向かっていったような気がする。

それはつまり、甲賀悟郎《こうがごろう》が女好きだからに他ならない。

女好きなんて世の中には掃いて捨てるほどいる。健康な成人男子なら、十人のうち八人くらいは女好きだ。自分はその八人のうちでも、かなり上位にくる女好きではあるだろうが、と甲賀は唇をすぼめた。

女好きはいいとして、それをプラスにもっていくか、マイナスにもっていくか、だ。

そこでさっきの曲がり角問題だ。

世の中には女好きを広言している俳優や作家がいて、それが仕事の役に立っている。スキャンダルで名前を売ったり、経験が商売道具になるのだ。

プラスの女好きとはそういうことで、この場合、相手がどんな女であろうと、最後は自分にとって都合のいい結果にもっていく。

ひるがえって甲賀は、マイナスの女好きだ。相手にひきずられる。女の事情に巻きこまれ、気づくと泥沼にはまっていることが多々あった。

仕事もそれでしくじった。いや、それ以前に結婚からしてまちがいだった。仕事をしくじった原因になった女と女房は別だが、どちらも浪費好きという点では似ていた。

甲賀はアパートのくすんだ天井を見つめ、息を吐《は》いた。マイナスの女好きの自分に、こうして女がいない、という状況は、人生の転機なのではないだろうか。少なくともマイナスにはいかないのだから。

だが現状維持はマズい。これが「ノーマネー」でなければ、現状維持、結構だ。低め安定というのがよろしくない。

とはいえ、当面、打開策は思いつかない。

年を越すといっても、餓死しないという程度ではあるが、金はある。幸いなことに、麻雀荘でこれを流す心配はない。なぜならすでに雀荘には二十万近い、負けの立て替えの借金がある。のこのこ近づけば、有り金を全部もっていかれた上に、半荘《ハンチャン》すら打たせてもらえず叩《たた》きだされるだろう。

冷静に考えて、自分は誘惑に強くない。いや、かなり弱い。だから借金がなかったら、この瞬間、雀荘にいる。

つまりこれも転機だ。女の次に好きな麻雀とも、今は手を切っていられる。もちろんフリー雀荘は他に何軒もある。だから本当に打ちたくなったら、地元以外のところにいけばいい。

それがいわばお守りとして甲賀の心にはある。だがたぶんいかない、という予感もあった。理由はひとつだ。年越しの資金を作った方法だ。

杜英淑《とえいしゆく》に念を押された。英淑にあった借金を帳消しにした上に、五十万を渡された。

「ゴローちゃん、このお金、無駄づかいしちゃ駄目だよ。麻雀駄目、パチンコも駄目。女にあげちゃもっと駄目。いい？」

英淑だって切羽詰まって、甲賀に頼んできたのだ。

甲賀にしてみれば、その手があったかで、目の前がぱっと開けたような気がしたものだが、頼んできた英淑のほうは深刻だった。

「ゴローちゃんにこんなこと頼みたくないね。でも他に、ちょうどいい人がいないよ。あてにしていた人、急に死んじゃったね。あと一ヵ月、待ってくれればよかったのに。でも年寄りじゃしょうがないか」

年寄りといったって、まだ六十四だったのだから、それほどじゃない。

「手続きから何から、全部こっちでやるから、調査の電話きたときだけ、話合わせて。いい？」

英淑には百万近い借金があった。もちろんオッケーだ。英淑はため息を吐《つ》いてつづけた。

「でも、本当はこんな仕事、よくないよ。わたしは人助けだからいいけど、ゴローちゃんは駄目だよ。一度だけね」

こんな金になるのなら一度じゃなくたってまったくかまわない、とそのとき甲賀は思ったものだ。

そうして今、財布の中には十五万の金がある。三十五万はどこに消えたかというと、麻雀以外の使い途《みち》、つまりパチスロといきつけのキャバクラだ。

あと一歩のところでさやかを口説けた筈だった。十二月が誕生日のキャバ嬢って、どうなのだろう。シャンペンを二本入れ、プレゼントも買ってやった。さやかも満更じゃなかったと思う。

なのにあのオヤジがかっさらっていった。

ドンペリロゼを三本だと。あんた勝負する場所まちがってるよ。錦糸町《きんしちょう》なんかじゃなくて、銀座か六本木にいってくれ。

甲賀は、思いだしてもムカつく、あのオヤジに毒づいた。質屋ってそんなに儲《もう》かるのか。

だがオヤジは、金の使い途をまちがえていない、ともいえる。銀座や六本木だったら、たかが三本のドンペリロゼでなびく女はそうはいないだろう。錦糸町だからこそ、さやかもぐっときてしまったのだ。

それにさやかには〝結婚願望〟がある。万が一ものにして、クリスマスをいっしょにいられるなんてことになったら——それはそれで楽しいは楽しいが——来年、自分は地獄を見たかもしれない。

定職なし、貯えなしとバレて、捨てられるのならまだいい。「わたしのために真面目《まじめ》に働いて」なんていわれて、居すわられたひには——。

こうやって冷静に分析してしまうところが、また自分の弱いところだ。敗因を敗因として、妙に納得してしまう。

女好きなのにがむしゃらさがない。女ってのは、がむしゃらなところがある男が好きなものだ。もちろん見当ちがいのがむしゃらさはいけない。そんなのはストーカーだと思われるのがオチだ。

一見クールで冷静そうなのに、いくときはいく、これがいいのだ。

さて、自分は、いったことがあるだろうか。

どうもないかもしれない。基本的に弱気というか、争いごとが好きではない。殴り合いなんてまっぴらだ。

不意に電話が鳴り、甲賀はびくっとした。

寝そべっていたコタツから上半身を起こす。鳴っているのは携帯ではなく、固定電話のほうだ。

つまり女じゃない。この何年か、かかわった女の中で、固定電話の番号を知っているのは、離婚した女房くらいのものだ。あの女が自分からかけてくることは、甲賀がホモに走るのと同じくらい、ありえない。

ためらい、しかし理由のない期待も抱きつつ、受話器をとった。

「はい」

「甲賀さんのお宅ですか」

訊《たず》ねた男の声を聞いたとたん、応《こた》えたのを後悔した。この声には危険な響きがある。

「はい」

「甲賀悟郎さんはいらっしゃいますか」

「私です」

「こちら本所《ほんじょ》警察署、地域課の伊藤《いとう》と申します」

やっぱりだ。

「何でしょう」

「あなたの奥さんが錦糸病院の救急外来におられます。今朝早く、私どもで保護し、病院に連れていきました。ようすがふつうではなかったので。今から病院にきていただけますか」

「ええと――今から、ですか」

「そうです。場所はおわかりですか」

「錦糸病院、ですよね。はい」

「では待っていますので。何分くらいでこられますか」

「二十分、いや三十分みて下さい、仕事があるので。いや、一時間かな」

「一時間。午前十一時ということですね」

「はい」

「おうかがいしたいこともあります。必ずお越し下さい」

電話は切れた。

甲賀は携帯に手をのばした。杜英淑の番号を呼びだす。

英淑は働き者だ。電話は、午前七時から午前一時過ぎまでつながる――筈なのだが、でない。

留守番サービスに切りかわった。しかたなく甲賀は吹きこんだ。

「甲賀だけど、俺の奥さんが病院にいるって、警察から電話があった。聞いたらすぐ連絡くれ」

四十分待った。

電話はなかった。もう一度、英淑にかけた。また留守番電話。

「甲賀だけど、今から錦糸病院にいってくる。聞いたら俺の携帯に連絡くれるか、病院の救急外来にきてくれ。頼む」

2

救急外来の受付の前に、制服の警官が二人いた。ひとりは巡査部長だ。肩章を見てわかった。五十歳くらいか。もうひとりは若い。

「えっと、甲賀です」

声をかけると、巡査部長がふりかえり、まじまじと甲賀を見つめた。そのつもりで、なるべくまっとうな格好をしてきた。ジーンズにコーデュロイのジャケット、ハイネックのセーター。ショルダーバッグを肩からさげ、ふだんはしない眼鏡もかけている。

巡査部長はじっくりと観察したあげく、いった。

「奥さんはあちらのほうにおられますが、その前にちょっとおうかがいさせていただいてよろしいですか」

「家内は怪我《けが》をしたんでしょうか。それとも急病ですか」

「軽い怪我ですので、心配されることはないと思います。失礼ですが、お仕事は何を？」

「インターネット関連です」

「会社はどちらですか」

「新宿です」

「電話番号をうかがえますか」

佐々木の事務所の番号をいった。話は通してある。

「『KOJIRO』という会社です。アルファベットで、K・O・J・I・R・O」

「インターネット関連の『KOJIRO』という会社と」

巡査部長はメモした。

「きのうは奥さんとごいっしょでしたか」

「えーと、今仕事がたてこんでいまして、家に帰っていなかったもので、最後に会ったのは三日前かな。今朝、ようやく帰れたんです。ほら暮れなので」

「三日。それはたいへんですな。そのとき奥さんにかわったようすはありました？」

「ちょっと、ホームシックだったかもしれません」

とりあえず、思いついた嘘《うそ》をいった。

「ホームシックね。結婚してどのくらいですか」

「まだ二ヵ月です。家内に何があったんでしょうか」

「そこの錦糸公園で、今朝うずくまっているところを保護されたんです。頭に軽い怪我を負っていたので、病院に連れてきたんですが、何もお話しにならない。そこで申しわけないんですが婦警に所持品を調べさせたところ、外国人登録証明書をおもちだった。他には、お金もバッグもなしですわ。何かトラブルに巻きこまれたのかもしれん、と考えましてね。奥さん、日本語は」

「カタコトです。あまり得意じゃない——」

と思います、といいかけ、飲みこんだ。

巡査部長がカードをさしだした。運転免許証と同じサイズのプラスチックカードだ。

「外国人登録証明書　氏名　李青珠　国籍等　中華人民共和国」

という一番上の文字が見えた。氏名の少し下の欄に、甲賀悟郎の名が印字されている。「世帯主等」というところだ。

右下の「在留の資格」には、「日本人の配偶者等」と記されていた。写真が左下にある。化粧けのない、暗い顔をした女が写っていた。

「これはお返ししておきます。コピーはとらせていただきました」

巡査部長がいった。甲賀は頭を下げ、受けとった。

警官が体をずらし、受付に近い長椅子《ながいす》に腰かけている女の姿が見えた。ぼんやり、こちらを見ている。ワンピースを着ていた。

何と呼びかければいいのか。頭をフル回転させながら歩みよると、今度は白衣を着た男が立ち塞《ふさ》がった。

「どうも。ご主人ですか」

まだ若い。三十になったかどうかだ。それでも医師のようだ。白衣の胸には「宮前」と記されたプレートがあった。

「はい」

甲賀はまた頭を下げた。ここはそういう場面だろう。

「家内がお世話になりまして」

「いいえ」

宮前医師はちらりと背後をふりかえった。

「奥さんの怪我はたいしたことはありません。転んだか、何かにぶつかったか、額の上の部分から少し出血されていました。レントゲンをとったところ、骨には異常がありませんでしたし、CTでも脳に、特に損傷はみられません」

「そうですか。よかった」

こういう場面だ。

「ですが、ちょっと気になるところがありまして」

そうきたか。

宮前医師はじっと甲賀の顔を見つめた。

「逆行性健忘の疑いがあります」

「何ですって？」

甲賀は訊《き》き返した。

「逆行性健忘。ある時点から前の記憶がまるでない。いわゆる記憶喪失、と呼ばれているものです」

甲賀は瞬《まばた》きした。何というべき場面だかわからない。

「これは外傷性で起こることもありますが、あまり例がない。外傷性の場合は、前向性健忘といって、怪我をしてからあとの記憶が抜けることが多いんです。逆行性健忘の原因は、むしろ心因性、何か大きなショックを受けたのが理由になります。心当たりはおありですか」

「ありません」

どんな場面だろうと、そうとしかいえない。

「そうですか」

宮前医師は肩を落とした。

「あの、つまり家内は記憶を失っている、ということですか」

「はい。患者さんが詐病《さびょう》しているのでない限り」

「サビョウ?」

「記憶を失《な》くしたフリをする。非常に恥ずかしい思いをしたりすると、そういうこともあります。ですがこの場合はあまり考えられませんし」

「自分のことは――」

宮前医師は首をふった。

「わかりません。名前も、何をしていたのかも。ご自分が中国人であることはわかっていらっしゃる。ここが日本だというのは、さっき看護師が説明しました」

甲賀は瞬きした。この言葉しか思いつかなかった。

「治るんですか」

「ふだんの生活環境に戻してあげれば、じょじょに思いだす可能性はあります。ただ、原因となったできごとに関してだけは、思いだせないかもしれません」

甲賀は黙った。ふだんの生活環境そのものを甲賀は知らない。だが知らないというわけにはいかない。

「心因性の健忘というのは、心的な外傷や大きなストレスにさらされたときに起こります。つまり、ひどくショックなできごとにあわれ、それを認めたくない、という気持が強すぎると、そのこと自体を忘れてしまう。たとえばかわいがっていたお子さんが不慮《ふりょ》の事故で亡くなった。それを認めたくないお母さんは事故のことを忘れてしまう。お子さんがいないといって、捜し回る」

「うちに子供はいません」

たぶん。連れ子がいるとは聞いていない。

「これはひとつの例です。他にも何か大きなショックを受けるできごとはあります。ただ――」

宮前医師は声を低くした。

「肉体的に見る限りは、ひどい暴力をふるわれたとかはないようです」

つかのま、意味がわからなかった。

「それはあの――」

「レイプとか、暴力行為はうけていらっしゃらない」

甲賀は頷《うなず》いた。そういう意味か。

「よかったです」

「治療の方法なんですが、これは専門医にかかられることをお勧めします。ただし日常生活に戻れば、記憶が戻ることもあるわけで」

「治療というのは、どんなことをするんですか」

「記憶想起法という治療法になると思います。催眠術や薬物を使った面接で、医者がだんだん過去にさかのぼって記憶を思いださせる、というものです。ただし、おおもとの原因となったできごとだけは、思いだせないという場合もあります。いわば、自分を守るために健忘を起こしたわけですから、思いだしてしまうと、また大きな心的外傷にさらされる。そこで拒否する、という反応がでる」

断言すべきところは断言する。医者らしい発言だ。ただし、目の前にいるこの女が治るかどうかについては、断言がない。

それもまた医者らしい。

甲賀は、口を閉じた宮前医師を回りこみ、長椅子の前に立った。

美人、といえなくもない。甲賀の好みではないが。

外国人登録証明書の写真と、本人はだいぶちがっていた。

まず髪が長い。写真は黒くてショートカットだが、目の前にいる女は、明るく染めた髪が肩の下まである。

甲賀の好みは、お人形のような女だ。おちょぼ口で、造作が小ぶりな顔がいい。

目の前の女は、目が吊りぎみで、顎《あご》が張っている。そのぶん口も大きい。

「大丈夫か」

とりあえずいってみた。女が目を動かし、甲賀を見あげた。

「ご主人が迎えにきてくれましたよ」

宮前医師がいった。

背中が熱い。二人の制服警官がやりとりを注視しているのを、甲賀は感じていた。

女は瞬きした。

何というだろう。甲賀は待った。

結婚して二ヵ月。だが初対面だ。警察に保護されることさえなければ、おそらくは一生会わなかったであろう〝妻〟。

　女は無言だった。

　甲賀は宮前医師を見て苦笑した。

「私のことがわからないようです」

「そういう可能性はあります。奥さん、ご主人ですよ」

　女は瞬きし、口を開いた。しゃがみ、女と目の高さを合わせ、ゆっくり喋った。

　甲賀は首をふった。中国語を喋《しゃべ》った。

「俺が中国語駄目なの、忘れたか」

「奥さんをふだん、何と呼ばれています？」

　宮前医師がふりかえった。まさにそのことを甲賀も考えていた。「李青珠」という名の読みかたがわからない。

「セイちゃん。あの、名前に青がつくんで」

　とっさの嘘。

「セイちゃん、俺だ。あんたの旦那さんだ」

　いいながら恥ずかしい。

「セイさん、ご主人ですよ。ご主人のことは何と呼ばれていますか」

「ゴロー」

　さらに恥ずかしさがつのる。

「ゴローさんが迎えにきてくれました。お家に帰れますよ。どうです？」

　宮前医師が女の顔を観察している。女が家に帰るのを嫌がるのではないかと疑っているようにも見えた。

「うち」

　女がいった。

「そう、家だ。家に帰ろう、セイちゃん」

　女が甲賀の顔を見た。不自然なくらい長時間、見つめ、やがて頷いた。

「はい」

　甲賀はほっと息を吐いた。女がすっと立った。

　長身だった。一七二センチの甲賀とほとんどかわらない。

「帰ります」

「あの」

　宮前医師がいった。

「家に帰られても、すぐに記憶が戻ってくるとは限りません。あせらないで下さい」

「もちろんです」

「あと、専門医の件は、いっていただければいつでも紹介いたしますので」

「ありがとうございます」

頭を下げた。

「甲賀さん」

今度は巡査部長が呼びかけてきた。

「奥さんが自宅に戻られてですね、何か事件に巻きこまれたというのを思いだされたなら――」

「はい」

甲賀は頷いた。

「地域課ではなく、刑事課のほうにきて下さい」

そこかよ。今のうちに面倒の芽は摘んでおこうというわけだ。この年で巡査部長どまりなのも頷ける。

「所持品がなかったのも気になりますし。自宅に帰られたら、奥さんのもちもので何かなくなっているものがないか、気にして見て下さい。バッグとか時計、貴金属類など、ふだん身につけているもので」

とっさに横目で女の左手を見た。薬指に指輪はない。もっとも甲賀もしていない。

「わかりました。刑事課のどなたに？」

「それはきていただいてから」

そうだよな。名前なんか挙げたら、よぶんな仕事押しつけやがって、と恨《うら》まれるだけだ。

「あ、あと支払いのほうなのですが」

宮前医師がいって、それが一番心臓に応えた。

「はいっ」

声のトーンが高くなる。

「奥さん、日本の健康保険に入っていらっしゃいますか」

「ええと、今、手続き中だと思います」

「では、まだ？」

「はい」

これは俺が払うのか。そうだろうな。

「そうなると全額自己負担ということになります。会計にいっていただかないと、いくらかはわかりませんが――」

英淑に請求する。当然だ。

「何とかなる、と思います」

3

八万五千円とられた。財布の中身は半分以下になった。

「帰ろう」

病院の建物をでた甲賀は女にいって、とぼとぼと歩きだした。病院からアパートまで歩いても十五分足らずの距離だ。

英淑から連絡がくるまでは、とりあえずこの女を手もとにおくしかない、と甲賀は思っていた。

二ヵ月前、甲賀は中国人の女と〝結婚〟した。英淑に頼まれたからだ。偽装結婚だった。日本人と結婚すれば、外国人に在留資格が与えられる。日本に住み、就労しても、入管難民法違反で摘発される心配はない。入国後、離婚しても、ただちに在留資格を失うわけではないし、離婚届の提出先は入国管理局ではなく、区役所だ。籍がよごれるのさえ気にしなければ、結婚、離婚のくりかえしで、ひとりの日本人配偶者に対し何人もの外国人が在留資格を得ることができる。

もちろん区役所だって、やたら外国人と結婚、離婚をくりかえす男に疑いは抱くだろう。だが、

「俺は日本人より中国人の女が好きなんだ、だから結婚した。それがうまくいかなかったんで、別の中国人の女と再婚しているだけだ。いけないのか」

とひらきなおられたら何ともいえない。そこで入国管理局は、実態調査というのをするらしい。届けでている住所に審査官が訪ねてきたり、抜き打ちで電話をして、本当に夫婦生活をしているのか、確かめる。

英淑は甲賀に偽装結婚を頼んだとき、調査に関して迷惑はかけない、といった。もちろん万一、電話があって奥さんをだしてくれといわれたら、今でかけているのでかけなおさせる、と答える。そのときのために〝妻〟の名も聞いていたのだが、しばらくして忘れてしまった。

アパートに向け歩いているうちに、甲賀は思いだした。その話を頼まれたのは、今年の夏だった。一度〝妻〟となる女と会っておくかと訊かれ、必要ないと答えた。会ったところで本当にいっしょに住むわけではないし、それがどんな美人だろうと本物の夫婦になるわけではない。

偽装〝夫〟になる日本人の中には、夫婦生活を、報酬の一部として要求する男もいるようだが、英淑はそういう連中とは取引しない。金だけで戸籍を貸す男にしか、偽装結婚の契約をもちかけないというのだ。裏稼業とはいえ、同じ女である自分が、金をとった上に体までさしだせなんて、とてもいえない。

ゴローちゃんもそんな要求しないよね、といわれ、もちろんだと胸を張った覚えがある。

女好きだが、相手の感情を無視してまで意を遂げる趣味はない。

だから、今日、自分がおかれたこの状況は、さっき考えていた曲がり角問題とは無関係だ。

アパートに到着した。散らかるほどもののない二Kを、三和土《たたき》に立った女は無言で見回した。

「とりあえず、ここがあんたの家、ということになってる。ただ実際はここに住んでいなかった。どこが本当の住居だか、俺は知らないんだ。今、あんたの友だちに連絡をとってる。迎えがくるまで、ここで待っていよう」

甲賀はいった。女は理解できたのかどうか、ただ甲賀を見返した。

甲賀は部屋に入るとコタツにもぐりこんだ。

「どうぞ」

戸口につっ立っている女にいった。女は小さく頷き、靴を脱ぐとコタツの横にすわった。正座ではなく、膝を立てた体育ずわりのような姿勢だ。

「ここ、どこですか」

やがて訊ねた。目はせわしなく室内を見ている。テレビ、本棚、安物のデスク。

「俺が住んでる部屋だ。あんたは、俺と結婚したことになっているが、俺たちは本物の夫婦じゃない。俺は頼まれて、あんたを戸籍上、妻にした。わかるか、戸籍って」

女は頷いた。

「はい」

「よかった。さっきは警官がいたんで、本物の夫婦のふりをしなきゃいけなかった。嘘の結婚だというのがバレたら、俺はつかまるし、あんたは中国に送り帰される」

女は無言で聞いていた。いうことがなくなった甲賀も黙った。英淑はなぜ電話をよこさないのだ。

女の着ているワンピースは、それで外にでるには薄地だ。十二月だからまだ厳しく冷えこんでいるわけではないが、でかけるときはコートが必要だろう。それとも夜どこかで働いていて、その仕事着のまま、トラブルに巻きこまれたのか。

甲賀は三和土に女が脱いだ靴を見た。ヒールのそれほど高くないパンプスだ。仕事中のホステスなら、もうちょっと踵《かかと》の高い靴をはく。

とはいえ、この女は一七〇センチ近い長身だ。高い靴をはくと、客より大きくなってしまうので、わざと低い靴をはいていた可能性もある。

バッグも何ももたずにいた、というのは、働いている店から、たとえば客を送りに外へでたところで何かがあった、とも考えられる。

しかしもしそうなら、働いていた店から何らかの届けがでていておかしくない。この女は、不法滞在者ではないのだから、店も堂々と届けをだせる。

ただしその店が、違法な営業をしていたら話は別だ。女に売春をさせていたり、風営法違反の深夜一時を過ぎて接客をさせていた、という可能性もある。

何より、外国人を使っていたという理由で警察に目をつけられるのを恐れ、知らん顔をしているのかもしれない。

仕事中のホステスが店をでたきり帰らない。携帯電話も店においていたら連絡はつかない。まさか記憶喪失、逆行性健忘にかかっていると思わないから、いずれ連絡があると考え、特に捜そうとしなかった。

案外そんなところではないだろうか。

「なあ」

甲賀がいうと、女はわずかに目を広げた。

「あんた、本当に何も覚えてないのか。きのうの夜、どこで何をしていたのか」

女は無言で甲賀を見つめていたが、苦しげに眉《まゆ》を寄せた。

「思いだせません」

「そうか」

「ごめんなさい」

「いや、別にあやまることじゃない。あんたの名前だけど――」

いいかけ、渡されたカードのことを思いだした。

「そうだ、これ」

ジャケットから外国人登録証明書をとりだした。

もう一度、まじまじと見る。

「氏名　李青珠」「生年月日　一九七九年　一月一日」「居住地　東京都墨田区太平三―×―×　ハイツスミダ二〇二」「国籍等　中華人民共和国」「出生地　吉林省長春市」

ハイツスミダは、今二人がいるこのアパートだ。世帯主は甲賀になっている。巡査部長はこの住所と甲賀悟郎の名で、固定電話の番号を調べたのだろう。

「なあ、この名前だけど何と読むんだい」

女はカードを見つめた。

「リ・チンジュ」

甲賀にはそう聞こえた。

「これがあんただ。わかるか？　リ・チンジュって名前に覚えはないか」

「リ・チンジュ……」

女は口の中でつぶやき、首をふった。

「知りません」

「あんたの生まれたのは、これによると中国の長春だ」

「チョウシュン？」

「ええと」

甲賀はコタツテーブルの上にあったメモ用紙に書いた。

「チャンチュン」

「そう読むのか。じゃあチャンチュンだ。そこから日本にきた。滞在する資格を得るために、形式上、俺と結婚した」

女は瞬きした。

「つまり、観光で日本にきたわけじゃない。長く日本に住んで、商売をするとかそういう目的があった筈だ」

「モクテキ？」

「そう。目標。お金をいっぱい稼ぎたい、とか」

女は首を傾《かし》げた。

「わたしお金あります」

「どこに？　住んでいたところか。どこに住んでいたか覚えているか。中国でじゃないぞ。日本で」

女の視線が宙を泳いだ。

「住所とかはわからないか。何町《なにちょう》とか。近くの駅の名前とか思いだせないか」

「駅」

「そう。ＪＲとか地下鉄の駅だ」

女は瞬きした。視線が止まった。やがていった。

「わかりません」

甲賀は息を吐いた。

「錦糸町って駅のことは？」

「キンシチョウ？」

駄目だった。まるで心当たりはないようだ。

たとえ働いているのが錦糸町だとしても、住居はちがうかもしれない。もっと家賃の安い江戸川区や江東区、さらに千葉県という可能性もある。あるいはどこか近くのアパートから電車を使わず自転車で通っていたら、駅の名前がまったくわからないというのも頷ける。

打つ手なし。英淑からの連絡を待つ他ない。

それで思いだした。英淑の携帯にまたかける。

「甲賀だけど、奥さんを病院からひきとってきた。とりあえず俺のアパートにいる。名前は、ええと、リ・チンジュ。いろいろこみいった状況なんで、とにかく早く連絡くれ。頼む」

切ってから、不安になった。英淑に何かあったら、この女に関する全責任は自分が背負う羽目になる。

偽装とはいえ、書類上は正式な夫だ。

外国人登録証明書をとりあげ、どこかにほうりだすことを考えた。本所署の管内はまずい。新宿あたりがいいだろう。

だが英淑に知られたら不人情だと責められる。連絡がつかないといっても、まだ英淑がどうかしてしまったと決まったわけではない。携帯をどこかに忘れただけかもしれない。

英淑は複数の携帯電話をもっているが、甲賀が番号を知っているのは一台だけだ。

「弱ったな」

甲賀はつぶやいた。女は無言だ。ただじっと立てた膝を見ている。途方に暮れているのは自分以上だろうと思うと、少し憐《あわ》れになった。

「とにかく、あんたの本当の知り合いを捜してやるよ。そうすれば家に帰れる。家に帰ったら思いだせるかもしれないって、医者もいってたし」

「はい」

女は小さな声でいった。

「お茶飲むか。日本茶だけど」

甲賀は立ちあがった。冷蔵庫のペットボトルから緑茶をコップふたつに注ぎ、コタツテーブルの上においた。

腹も少し減っていた。起きてから何も食べていない。

「飲んだら」

甲賀はコップに口をつけ、いった。女がおずおずとコップに手をのばした。まるで毒入りでないのを甲賀のようすで確認したかのように、緑茶を口に含む。

「そうだ、俺の名前だけど――」

「ゴロー」

一瞬びっくりした。なんで知ってるのだろうと考え、さっき病院でいったのを思いだした。

「そう。ゴ、ゴロー」

「わたしはセイちゃん」

「いや、それはあの……。ま、いっか」

沈黙。

「ゴロー」

「何？」

「お腹がすきました。何か食べたいです」

「あのな」

「はい」

お前のせいでもち金が半分なくなったんだぞ、といいかけ、やめた。今、この女を責めたところで、何にもならない。

「カップラーメンと食パンしかない」

女は頷いた。

お湯をわかし、カップラーメンを作った。ちょうど二つあった。食パンを焼き、マーガリンを塗る。これも二枚だ。

カップラーメン二つとトーストをのせた皿をコタツテーブルにおき、甲賀は女と向かいあった。

妙な気分だった。このアパートで女と向かい合わせで食事をするなんて、いつ以来だろう。

最後の女は、サオリだった。暴力をふるう同棲相手のもとから逃げだし、テレホンクラブでサクラの仕事をしていた。三十七なのに、声だけは二十《はたち》そこそこに聞こえる。

五月の連休に、もとの男のところに戻っていった。

「ゴローちゃんはやさしすぎるんだよね。サオリはそういう人って物足りないみたい」

それが別れるときの言葉だ。

トーストをかじり、カップラーメンをすすった。

「トイレどこですか」

食べ終わると女が訊ねた。甲賀は教えた。トイレに女が入っている間に皿を洗い、お茶を注ぎ足した。

少し気持に余裕が生まれた。

煙草を吸っていると、トイレをでてきた女がじっと甲賀を見た。

「煙草、吸いたいのか」

女は首をふった。どうやら煙草は吸わないようだ。煙草までたかられる心配はない、と安心した自分に、甲賀は少し落ちこんだ。せこすぎる、俺。

「トイレに写真ありました」

「え?」

写真なんて飾っていない。

「わたしのトイレです。白い山の写真、わたしのトイレにありました」

「あんたの家の話か」

女は頷いた。

「それって最近のこと？　子供の頃の話じゃなくて」

「きのう」

「思いだしたんだ」

「はい」

「他に何を覚えている？　誰かいっしょに住んでた人の顔とか」

女は瞬きし、宙を見つめた。

「ヘビ」

「ヘビ？」

蛇を飼っていたのだろうか。少し薄気味悪い。

「蛇が部屋にいるのか」

女は首をふった。

「何か、景色《けしき》を覚えていないか。その住んでいた部屋の窓から見えたもの。ビルのネオンとか、電車とか」

女は甲賀の顔に視線を向けた。

「ビル」

「どんなビル？」

「壁。よごれてる壁が見えました」

「看板は？　何か字が書いてなかったか」

女は首をふった。

「壁だけ」

窓から壁しか見えないアパートやマンションなんていくらでもある。

「ええとさあ、じゃ地名をいうから、聞き覚えがあったら、教えてくれ」

「はい」

「新宿」

まずはここからだ。女は小さく頷いた。

「知ってます」

中国人なら当然か。何せ最近は、中国からの日本観光ツアーで、「東京のいってみたい場所」のトップが、新宿歌舞伎町らしい。理由は、「東京で一番中国人が多い」から。アメリカにいった日本人が、ロスアンゼルスのリトルトウキョウを見たがるようなものかもしれない。

「池袋」

女はわずかに首を傾げた。

「聞いたことあります」

これでは駄目だ、と気づいた。女が二ヵ月前に日本にきたばかりだとしても、有名な地名は知っていて不思議はない。もっとマイナーな、住んでいなければ知らないような地名に反応しなければ意味がない。

「錦糸町は知らなかったんだよな。じゃあ葛西《かさい》、浦安、市川、柏、松戸」

女は無反応だ。

甲賀は立ちあがった。女が驚いたように顔をあげる。デスクにつくと、古い手帳をとりだした。東京の地図が載っている。思いつくままにいうより、地図を見ながら挙げたほうが確実だ。

主だった町の名前をいっていく。

「六本木」

「知ってます」

これも微妙だ。盛り場は、知っていたとしても、働いていたとか住んでいた証拠とはいえない。

「原宿、渋谷、恵比寿《えびす》、目黒、五反田《ごたんだ》――」

無反応だ。

「銀座」

「はい」

甲賀は女をふりかえった。

「はいとは、知ってるってことかい」

「わたし、働いていました」

銀座か。甲賀はまじまじと女を見直した。

「あんた、銀座で働いていたのか」

いった女のほうが、びっくりしたような顔をしている。

「どうしたんだ？」

「今、思いました。わたしは銀座で働いていた」

「それって思いだしたってことだよな」

「そう、です。きっと」

「銀座の、飲み屋か」

「ノミヤ？」

「ええと、クラブとか、お酒を飲ませる店だよ」

「わかりません」

女は虚《うつ》ろな表情になった。

「まさか銀座とはな」

甲賀はつぶやいた。銀座なんてまず足を向けることのない街だ。銀座の飲み屋とは、まるで無縁だ。

だが、もし女が銀座の飲み屋で働いていたのなら、なぜ錦糸町の公園にいたのかがわからない。

「働いていた土地はわかった、と。じゃ今度は住んでいた場所だな」

また地図を見ながら地名を挙げていった。

「四谷、信濃町、市ケ谷、飯田橋——」

山手線と中央線の主だった駅は全部いった。反応があったのは、新宿と池袋だけだ。このどっちかに住んでいたとも考えられるが、銀座から通うには少し遠い。あとは六本木を知っていた。

英淑からのコールバックはない。

「そうだ」

甲賀は声をあげた。時計を見る。二時だ。

「でかけるぞ」

「どこへいきます？」

女は不安げだ。

「中国人がいるところだ」

「中国人、ですか」

英淑が経営に関係しているマッサージ屋が錦糸町の駅前にあったのを思いだしたのだ。中国マッサージの店で、従業員はすべて中国人だ。そこにいけば、英淑と連絡がつくかもしれない。

「いこう」

せきたてるようにしてアパートをでた。

めざす店「西安《シーアン》」は、ＪＲの線路の南側、楽天地ビルの近くにあった。古い雑居ビルの二階だ。年中無休で、午前十一時から午前五時までやっている。

「はい、いらっしゃいませー」

狭い階段をあがって入口の扉をくぐると、まのびした声がかけられた。あちこちのマッサージ台からも、

「いらっしゃいませえ」

という声があがる。足裏やボディのマッサージをしている女たちの合唱だ。

「社長」

甲賀は、最初に声をかけてきた受付の男をのぞきこんだ。六十代の初めくらいだろう。頭頂部がきれいにはげている。英淑が「社長」と呼んでいるのを聞いたことがある。

この店には、英淑と二回、きていた。二度とも英淑の奢《おご》りでマッサージを受けた。

「俺のこと覚えてないか。英淑さんの友だちの甲賀だ」

店はそこそこ混んでいた。十ほどあるマッサージ台の半分以上が埋まっている。

「甲賀さん？」

「英淑さんと連絡をつけたいのだけど、電話がつながらなくて困ってるんだ。社長、英淑さんの友だちだよね」

社長は困惑したように甲賀と背後の女を見比べた。

「杜英淑さんだ」

甲賀はいった。

「ああ、杜さん。はいはい」

ぱっと社長の顔に明りが点《とも》った。

「わかりました、わかりました。銀座でレストランやってる人です」

「銀座でレストラン？」

今度は甲賀が訊き返した。

「ちがうですか。太った女の人で、声の大きい——」

「そうそう、その人だ。銀座でレストランなんてやってたのか」

初耳だった。

「はい、共同経営してます」

「店の名前は？」

「ええと——、ここね」

受付のひきだしを開け、名刺をとりだした。

「中国名菜『紅龍飯店』」と書かれている。住所は、銀座七丁目、セブンスビル地下となっていた。

「実はこの人が英淑さんの知り合いなんだが、急いで英淑さんと連絡をつけたがっていて、俺の知ってる電話番号だとつながらないんだよ」

社長は女を見た。

「中国人、ですか」

「はい」

女は頷いた。社長が中国語で何ごとかいった。女が返す。やりとりがしばらくつづいた。

「あなた、この人の旦那さんですか」

やがて不思議そうに社長が訊ねた。

「それはそうなんだが――」

甲賀は受付のテーブルに手をつき、声をひそめた。

「実は本当の夫婦じゃない。わかるだろ」

社長の目が広がった。あせったようにあたりを見回す。

「それ駄目です」

「ああ、わかってる。だから俺は彼女のことを何も知らないんだ。英淑さんなら知ってると思うんだが――」

そのとき、「西安」の扉が開かれた。

「いらっしゃいませ――」

反射的にいった社長の顔がひきつった。甲賀は扉をふりかえった。

「おっ」

入ってきた客が低い声をたてた。

「何やってんだ」

甲賀をまじまじと見る。甲賀は目をそらし、天井を仰いだ。よりによって、最低の奴と最悪のタイミングででくわしたものだ。

「見りゃわかるだろう。マッサージを受けにきたんだ」

甲賀はいい返した。柔道をずっとやっていて、その証《あかし》に両耳が潰《つぶ》れている。顔半分、甲賀より大きく、幅も一・五倍くらいある。

「いいご身分だな。平日のまっ昼間からマッサージか」

伊賀はいった。甲賀と伊賀という名前からして、合わない相手だった。機動隊あがりの体力馬鹿で、身体能力が自分より劣る人間を下に見たがるのは、そのぶん頭に自信がないからだ。

「よけいなお世話だ。気分が悪いな。セイちゃん、いこう」

甲賀は女をうながした。顔をひきつらせたところを見ると、「西安」の社長は伊賀を知っているようだ。

「なんだよ、逃げんのか。何かうしろ暗いことでもあんのか」

伊賀の背後には、まだ二十代にしか見えない若造がつっ立っていた。

「冗談じゃない、妙なアヤをつけないでもらいたいね」

若造を押しのけ、女の腕をとって「西安」の扉をくぐった。

「待てよ」

伊賀が追いすがってきた。

「何だ」

「訊きこみにきてんだ。あんたの連れ、中国人だろう」

「それがどうした」

伊賀は若造に顎をしゃくった。若造が内ポケットから手帳を抜き、はさんでいた写真をとりだした。

「この人に見覚えはありませんか」

嫌な予感がした。甲賀は若造の手から写真をひったくった。ひと目見てほっとした。英淑ではない。知らない男だった。修整されているが、死体だとすぐにわかった。

「ちょっと――」

「協力してんだよ。セイちゃん、この人知ってるか」

女は写真を受けとり、眉根を寄せ、のぞきこんだ。しばらく見つめていたが首をふった。

「知りません」

それ以上余分なことをいわないうちに、写真を若造に返した。

「知らないとさ。じゃあな」

「そんなにあせるなよ」

背中を向けた甲賀の肩を伊賀がつかんだ。甲賀は伊賀をにらんだ。

「何だ、その手は」

「まだ質問が終わってない」

「知らないってんだ。これ以上何を訊くんだ」

「まあ、そうとんがんなよ。久しぶりに会ったんだ。近況報告とかあってもいいんじゃないの？」

伊賀はごつい顔におよそ似合わない作り笑いを浮かべている。

甲賀も作り笑いを浮かべてやった。

「別に報告するようなことは何もしてない。いたって静かなものさ。今は友だちの会社を手伝ってるんだ」

「友だちの会社ねえ」

伊賀は首を傾げた。

「あんたが考えているようなところじゃない。ＩＴ関係の会社だ」

「俺が考えてるようなとこってどこだい」

作り笑いを大きくして、伊賀はいった。

「いい加減にしろよ。もっとやることがあるだろうが」

甲賀がいうと、伊賀は笑みを消した。

「じゃあ訊くぞ。最近、中国人関係でトラブルの噂《うわさ》を聞いたことないか。中国人に知り合いが多いあんたなら、何か知ってるだろう」

「このところずっと仕事が忙しくてな。知り合いに会う暇もなかったんで知らん」

伊賀は若造をふりかえった。

「聞いたか、この返事。元同僚に協力しようって気はまるでないらしい」

若造が目を丸くした。

「そりゃあ悪かった。何か聞いたら連絡してやるよ。じゃあな」

甲賀はいって、階段を駆け降りた。さすがに伊賀は追ってこない。

女が降りてくるのを待って、甲賀は歩きだした。

「今の人、友だちですか」

信号で立ち止まった甲賀に女が訊ねた。

「友だちじゃない。知り合いなだけだ」

吐きだすように甲賀はいった。

「もともと気の合わない奴だった。仕事を辞めて唯一よかったのは、あいつと顔を合わせないですむことだったのに、まさか今日会うとはな」

「仕事、何ですか」

「いいたくない」

甲賀は首をふった。元警官だなどといったら、なぜ辞めたのかを今度は訊かれる。

そんな話はしたくない。

信号がかわり、横断歩道を甲賀は歩きだした。女があとをついてくる。

「わたし、知ってます」

甲賀は女をふりかえった。

「俺の仕事を、かよ」

「ちがいます。あの写真の人」

思わず立ち止まった。

「勘弁してくれよ。本当かよ」

泥沼の臭《にお》いがした。

「はい。名前とかはわからないですが、会ったことあります。見てすぐわかりました」

「どんな話をしたのか覚えてないのか」

女は考えこんだ。歩行者用の信号が点滅を始めた。駅前の広い通りだ。甲賀は、

「走るぞ」

といって駆けだした。女もあとを追ってくる。

渡りきって歩道にあがったところで女がいった。

「わたし走ったです。あの人と会ったとき。今、思いました」

「写真の男と会ったときに走ったということか」

「はい」

「なぜ走ったんだ？」

女は眉根を寄せた。

「誰か、きました。走ろうといわれました」

「それは逃げろっていわれたってことか」

「そうです。写真の人が逃げようといいました」

ますます泥沼の臭いが強くなった。この女と写真の男はいっしょにいた。そこに誰

かが現われ、二人は逃げた。そして写真の男は死体になり、警察が身許《みもと》を調べている。

「それは最近の話か。きのうとか？」

女は考え、答えた。

「きのうか、そのきのう」

コンビニエンスストアの前におかれた灰皿のかたわらで甲賀は足を止めた。煙草をとりだす。

「なぜさっき、知ってるっていわなかった。あいつらに訊かれたとき」

「何となくいいたくない気がしました。ゴロー、話すのを嫌そうだったから。わたしもあの人、好きじゃない。いばってます」

女を見直した。

「俺たち気が合うかも」

女が微笑《ほほえ》んだ。初めて見せる笑みだった。

この女には、今頼れるのは甲賀しかいない。その甲賀に「気が合う」といわれて喜んでいる。

ほうりだすのはかわいそうだ。だが、ほうりださなかったら、自分もひどいトラブルに巻きこまれる。

コンビニエンスストアから流れてくるクリスマスソングは、甲賀の気をよけいに滅《め》入《い》らせた。

4

「何やってんだ。早く連絡をくれ。こっちは奥さん抱えてずっと待ってるんだ」

英淑の留守電に四つめのメッセージを吹きこんだ。

二人はまたアパートに戻ってきていた。

「その人、友だちですか」

「杜英淑っていってな、あんたが俺の奥さんになる話をもってきた中国人だ。あんたは会ってる筈だ」

「ト・エイシュク？」

「ええと」

メモに字を書いた。女が発音した。

「覚えはないか」

小さく首をふった。

甲賀は「西安」で見せられた「紅龍飯店」の名刺を思いだした。伊賀の出現で、「西安」での情報収集がままならなかった以上、次はそこにいくほかない。いくら何でも銀座の中華料理屋で、伊賀とはでくわさないだろう。

とにかく、早く英淑を見つけだすことだ。

英淑の身に何かが起こったという可能性については、極力考えないことにした。そうなったら本当に、この女をどこかでほうりだす以外、選択肢はない。ただ、ほうりだしたあと、女がまた警察に保護されたら、事態は甲賀にとってさらにややこしくなる。

銀座七丁目セブンスビル、という住所を覚えている。英淑がレストランの「共同経営者」におさまっていたとは初耳だったが、金儲けが大好きな英淑なら、驚くにはあたらない。

おそらく日本や東京の事情に詳しいのを買われて、一種のケツモチとして経営に加わったのだろう、と甲賀は思った。

「その人の写真、ありますか」

不意に女が訊ねた。

「見たら知ってるかもしれません」

「英淑のか？　ない」

甲賀は首をふった。

「ころころ太っていて、濃い化粧をしている四十くらいの女だ。出身は確か、上海とかいってた」

女は首を傾げた。

「ゴローの友だちですか」

「そう、だな。もう知り合って三年くらいになる。がめついけど、根はいい奴だ」

「ガメツイ？」

「まあいいや。とにかく友だちだ。俺は信用してるし、たぶんあいつも俺を信用している」

「その人がわたしを奥さんにしなさいといったですか」

甲賀は頷いた。

「二ヵ月前だ。たぶんそれだけ日本語を喋るところを見ると、あんたはその前に日本にきていた。こっちで腰をすえて何かをするのが目的で、長期の滞在許可を得るために、結婚をした。ふつうは、皆、観光ビザでやってきて、出入りをしながら日本で仕事をする。ビザの期限が切れても、面倒だからって更新しないでいる奴も多い。留学ビザできた人間も、こっちで稼ぐのが目的だと、学校なんかいかないで働いてばかりだ。ただ学校にいっていないのがバレると、面倒なことになる。それに比べたら、日本人と結婚するのは一番確実だ。ただし金がかかる。日本円で何百万だ。旅費とは別で。あんたはその金を払って、俺と結婚した」

「お金は杜さんがもらったのですか」

「英淑ひとりじゃない。こういうビジネスには、両方の国に代理人みたいのがいて、手数料をとってる。中国にも日本にも。たぶん、三人か四人で、あんたの金を分けた筈だ」

「ゴローは？」

一瞬、言葉に詰まった。

「俺は……俺ももらった。俺がいなけりゃ成立しない話だからな」

女は複雑な顔をした。

「前にも、中国人と結婚しましたか」

「いや。これが初めてだ」

「日本人とは？」

「一回したよ。だいぶ前だ。離婚した」

答えて、女を見た。

「あんたは、って訊いてもわからないだろうな」

女は無言だった。

「結婚はしたが、俺はあんたに会う気はなかった。会ったってしかたがない。形だけの夫婦なんだ。会って、自分の奥さんがどんな美人でも何かできるわけでもないし。本当は、入管とかのチェックがあるんで、会って打ち合わせておいたほうがいいんだが、面倒だから、何かあったときにしようと思った。英淑がうまくやるっていってたし。それがいきなり今朝、呼びだされたわけだ」

「ニュウカン？」

「役所だ。外国人の出入りを監視する」

女は沈黙した。やがて訊ねた。

「わたしといっしょだと、ゴロー、困るですか」

答えようとして、窮した。はっきり困る、というのも憐れだ。といって、大歓迎という気分ではもちろんない。

これが自分の駄目なところだ。

「今はまだ困らない。この先は、わからないが」

女はじっと甲賀を見ている。

「わたし、誰も知らない。何も覚えてない。お金もない。中国にも帰れない。もし帰っても、どこに家あるかわからない」

「確かにそうだ」

「でも、わたしあなたにお金払った。だからここにいてもいいですか」

「金はな、ほとんど残ってないんだ。借金が英淑にあって、それを帳消しにしてもらった。あんたの病院代もあったし、金は、あんまりない」

「ゴロー、仕事は何ですか」

「ないよ。いろんな仕事をちょっとずつして稼いでいる。今、日本はすごく不景気なんだ。だからなかなか仕事が見つからない。そんな国に出稼ぎにこようっていうんだから、中国人もいい度胸だと思うぜ。あんたは自分がどんな仕事をしていたのか覚えてないのか」

女は静かになった。

「夜の仕事じゃなかったか。夜ってのは、つまりホステスだ。水割りを作ってやったりカラオケの相手してやったり――」

「わからない」

女は首をふった。

甲賀は息を吐き、頭を抱えた。やはり誰か中国人で、この女を知っている人間を捜すしかないようだ。

問題は、伊賀がもっていた写真の男だ。

あの男は、不審な死に方、たぶん殺されている。でなければ、刑事が身許を調べて回らない。

その男を、この女は知っている、といった。それどころかいっしょに逃げた、という。この女が頭に怪我をして保護されたのは、その翌日か二日あとだ。

下手をすると男が殺されたときにいっしょにいた可能性すらある。

この女が殺したのだろうか。いっしょに逃げたという以上、それはないか。

それとも殺しておいて、犯人と疑われるのを避けるため、記憶喪失のフリをしているとか。

これも考えづらい。犯人なら、保護とはいえ、警察とはかかわりをもちたくない筈だ。むしろ、いっしょに襲われたと考えるほうが妥当だ。

嫌な感じがした。二人を襲った犯人は、まだ女を捜しているかもしれない。そんな状況で、女を連れてうろうろすれば、自分も事件に巻きこまれる。「紅龍飯店」にいくのが最善の策かどうかわからなくなってきた。

といって、ずっとここで女といても、英淑と連絡がつかない限り、問題は解決しない。

二人分の食費で金が尽きるだけだ。

「あなた、お金もらったなら、わたし助けなければいけない」

女がいった。甲賀はむっとした。

「そういういいかたはないだろう。俺が金をもらったのは、結婚することに対してであって、あんたの面倒をみるためじゃない。これはアフターサービスみたいなもので、俺は親切でやってるんだ」

「でもあなたはわたしの夫です。奥さんが困ったら、助けるのは旦那さん」

「だから書類上の旦那で、本物の旦那じゃない。それにな、本物の夫婦だって、片方が困ってるときに、もう片方が助けるとは限んないんだ」

「あなた、奥さんに捨てられたのか」

「おいっ。何だよ、それ。俺を怒らせたいのか」

「怒るのは本当だからか」

「うるさい！」

思わず怒鳴った。最初は憐れと思ったが、どんどん図々しくなっている。民族性なのか、この女の性格なのか。

だが女は黙った。

「もういい。いくぞ」

甲賀は立ちあがった。

「銀座に、英淑のやってるレストランがあるらしい。そこにいって、あんたのことを訊く。たぶん中国人がいっぱいいるだろうから、何かわかるだろう」

ＪＲで有楽町にでて、そこから歩いた。セブンスビルは見つかったが、きてみると有楽町より新橋のほうが近かった。有楽町イコール銀座という思いこみのせいだ。

夕方の六時を過ぎ、街にはちらほら夜の勤めらしい男女の姿が増えていた。日が暮れて気温が下がり、コートをもたない女は寒そうだ。

だからといって、どうしてやる気も甲賀はなかった。まあ、あったとしてもこの街で女もののコートを買ってやれるほどの懐もない。

飲み屋の建物ばかりが並んだ、派手な通りにセブンスビルはあった。家賃も相当高いだろうと甲賀は想像した。

「紅龍飯店」は地下一階だ。狭い階段を降り、扉をぐぐると、入口に近い席にたむろしていた四、五人の中国人のうちのひとりが、

「いらっしゃいませー」

と声をあげた。うち二人は、中華料理屋のウェイトレスというよりは、ホステスのようななりをしている。出勤前に暇潰しに寄った知り合いかもしれない。甲賀たちには目もくれず、二人とも携帯電話をいじっていた。

「いや、客じゃないんだ。杜英淑さんの知り合いの者なんだが、杜さん、今日きたかい？」

店に客はいない。白い上っぱりを着た、コックらしい男二人とジーンズをはいた女が顔を見合わせた。

「誰ですか」

ジーンズの女が訊いた。五十くらいでエプロンをかけている。

「杜英淑だ」

「ドゥ・ヨンスク」

女が甲賀のうしろから進みでて喋った。

「ああ」

男のひとりが頷いた。若いほうだ。

「きてないよ。ここにいない」

「それは、たまにしかこないってことか、それともふだんからまったくこないってことか」

甲賀が訊くと、男は首を傾げた。どうやら日本語をあまり話せないようだ。甲賀は女をふりかえった。

「あんたから訊いてくれ。杜英淑を捜していて、急いで連絡をとりたい。それと、あんたのことを知っていないか」

女が中国語で喋った。エプロンの女が最初に答えた。女がさらに喋った。自分のことを知らないか、訊ねたようだ。

携帯電話をいじっていた若い女二人が顔をあげ、女を見た。両方とも二十代の初めで、けっこうな美人だった。そのうちのひとりが何ごとかを喋った。

女が甲賀をふりかえった。

「わたしはホステスかと訊きました。わたしはホステスだったたですか」

「わからない。彼女はあんたを見たことがあるのか」

甲賀は答えた。すると若い女が日本語でいった。

「八丁目の『キャロット』てクラブに、中国人のホステスが四人いるよ。その中に、この人と似た人がいるね。この人、病気ですか」

「そうなんだ。頭に怪我をして、自分がどこの誰かわからなくなっている。だから知っている人を捜している」

「あなた知らないのですか。いっしょにいるのに」

「手伝ってるだけだ」

「見つけるとお金もらえますか」

しっかりしている。

「少しなら」

「この人、写メ撮っていいですか。知り合いにメールで送るよ。わかったら返事する」

わずかに悩んだが、甲賀は頷いた。この女の身許が判明したら、あとで本人に礼金を払わせる手もある。

ホステスらしい二人の女は立ちあがった。カメラモードにした携帯電話をかざし、近づいてくる。自分が写りこまないように、甲賀は後退《あとずさ》った。

女は無言で写真を撮られていた。甲賀はエプロンの女にいった。

「杜さんと急いで連絡をとりたいんだ。この人は、たぶん杜さんと知り合いだ」

「杜さん、お店にめったにこないです。くるの、お客さんといっしょのとき。さっきこの人にもいいました」

エプロンの女は答えた。

「誰か、杜さんの連絡先を知らないか。俺の知っている携帯にはでないんだ」

エプロンの女が、年かさのほうの男に中国語で訊ねた。男はうさんくさげに甲賀と女を見ていたが、やがて中国語で喋った。

「社長が知っているかもしれないけど、社長はまだきていないです」

エプロンの女が訳した。

「社長に電話をして訊いてくれないか」

「電話さっきしたけど、でなかった。きっと忙しいね」

ホステスらしいひとりがいった。

「社長、お台場と渋谷でも店、やってる。忙しくて大変」

もうひとりのホステスが中国語で何かいった。どうやらその女と社長の関係をからかったようだ。男二人とエプロンの女がどっと笑った。からかわれた女はふくれ面《つら》をした。

「じゃ、メールでもいい」

「今、打ってる」

からかったホステスがいった。

「写メもいっしょに送るから」

「助かる」

「あなたの番号、教えて。知ってる人いたら、かけてもらう」

甲賀は携帯電話の番号をいった。エプロンの女がメモをした。そしていった。

「すわって。誰か返事くるまで、待ってるといい」

「商売の邪魔にならないか」

「まだ早いよ。ここにくるの、同伴のお客さん。七時くらいから」

中国人ホステスが同伴出勤につきあう客を連れてくるようだ。同伴出勤とは、ホステスが客といっしょに入店することをいう。客に食事を奢らせ、さらに店でも散財させる。店側がホステスに、月何回、同伴させるというノルマを課している。ノルマを果たせないホステスは給料を引かれ、ノルマを果たせば店は売り上げを確保できる。日本の飲み屋のシステムだが、英淑が以前、感心していた。このシステムを考えだした経営者は天才だ、と。

甲賀と女が近くのテーブルにつくと、エプロンの女が中国茶をだした。メニューをテーブルにおく。

「お腹空いてないですか」

商売モードに入った。断わろうかとも思ったが、協力を頼んだ手前、しかたなく甲賀はメニューを広げた。実際、腹も少し減っている。

一番安そうな、チャーハンを二つ注文した。

一般に、中国人は日本人よりはるかに量を食べる。若い女でも、日本の男並みかそれ以上食べるものだ。したがって中国人がやっている食べもの屋は一人分の量が多い。さらにこういう店では、連れてきた客の払いから中国人ホステスがキックバックをとったりする。日本人ではあまり考えられないが、中国人にはふつうのようだ。見かたをかえれば、一種の互助システムともいえる。

年かさのコックが立ちあがり、厨房に入った。やがて中華鍋で調理するカンカンという音とともに香ばしい匂《にお》いが漂ってきた。

甲賀は店内を見渡した。入口から奥までまっすぐの細長い店にテーブルを並べている。壁には料理の写真がべたべた貼《は》られ、銀座の料理屋という高級感はまったくない。値段も、昔から銀座にあるような店だったら決してつけないような「チャーハン六百円」といった安目の設定だ。

おそらくこれで朝の四時、五時まで営業しているのだろう。壁に貼られた飲み物メニューには、ワインからレモンサワーまである。中国人ホステスは、同伴だけでなくて、営業終了後のアフターにも客を連れてくるだろうし、安いのに惹《ひ》かれて日本人のボーイやホステスもくるかもしれない。

高級の代名詞みたいな銀座だが、大衆的な飲食店が増えてきて、働き者の中国人が侵食を始めている。それもこうした底辺からだけではなく、新宿あたりには、かなり高い飲み代をとる中国人専用のクラブもできているらしい。新華僑《かきょう》と呼ばれる、中国大陸出身の金持を相手にしているのだ。やがては銀座にも、そういう店ができ、中国語を話せないホステスやボーイは使ってもらえないという時代がくるかもしれない。

そのうち、高級店は中国人の客ばかり、日本人は大衆店でしか飲めないようになる。

チャーハンが運ばれてきた。

「食べよう」

甲賀はいって、蓮華《れんげ》を手にした。女は写メを撮られてから緊張しているのか、無口になっていたが、空腹だったのか、チャーハンを黙々と食べ始めた。

味のほうは、可もなく不可もない。日本人向けの高級店なら、もっとおいしいものをだすだろうというレベルだ。

「わたし、店いくよ」

二人が食べ始めると、最初に写メを撮るといったホステスがいって立ちあがった。

「メールの返事きて、知ってる人いたらあなたに教える」

「ありがとう」

甲賀は答えた。ホステスは頷き、女に中国語で何かいった。女が答えた。

「何ていったんだ」

ホステスがでていくと、甲賀は女に訊ねた。女は、微妙な表情になった。

「冗談」

「冗談？」

「ゴロー、あまりお金持じゃない。だからお礼、あまり期待できない」

甲賀は頷いた。

「そうだ。だけどあんたがどこの誰かわかれば、あんたの家にお金があるかもしれないし、あんたの友だちが払ってくれるかもしれない」

「わたしの名前、あんたじゃない。青珠《チンジュ》」

女がいった。

「日本人、すぐ、あんたとかお前っていう。名前、ちゃんと呼んで下さい」

「思いだしたのか」

甲賀は女の顔を見つめた。女は首をふった。

「思いだしていません。でも、あんたといわれるのは嫌です。わたしもあなたをゴローと呼んでます」

「呼び捨てじゃないか」

「ヨビステ？」

「日本では、ふつう、さんとかちゃん、とつける。ゴローさんとかゴローちゃん」

「ゴロさん」

甲賀は苦笑した。

「いいよ、ゴローで。あんたのことは青珠と呼ぶ」

女は頷いた。それから二人は無言でチャーハンを平らげた。

食べ終わると甲賀はお茶のおかわりをもらい、煙草に火をつけた。今は、この店の社長とさっきのホステスだけが頼りだ。青珠が「キャロット」とかいうクラブのホステスだったのなら、そこに連れていけば何とかなるかもしれない。

甲賀の携帯が鳴った。知らない携帯の番号が表示されている。

「はい」

「わたし。さっき『紅龍飯店』で会った」

若い女の声がいった。

「早いな。何かわかったのか」

「わたしの友だち、その人知ってるかもしれないとメール返事きた。あなたの番号、教えていいか。友だち、あまり日本語うまくない」

「大丈夫だ。彼女に通訳してもらう。ありがとう」

「もしわかったら、お礼、いくらくれますか」

「一万円でどう？」

「オーケイ」

電話は切れた。値を吊り上げられなかったことに甲賀はほっとした。

店の電話が鳴った。馬鹿に大きな音だ。

エプロンの女が立ちあがり、受話器をとった。中国語で応える。

やりとりを聞いていた青珠の表情が変化した。ふりかえってエプロンの女を見ている。

電話を切った女が甲賀たちのテーブルに歩みよってきた。

「社長、もうすぐきます。この人、知ってるそうです」

甲賀はほっと息を吐いた。とたんに、さっきのホステスらしい女と約束した一万円が惜しくなってきた。

「紅龍飯店」の社長が青珠のことを知っているなら、あの女の友人の情報は必要ない。青珠は社長に預け、あとは任せて終わりだ。

甲賀はよほどさっきの女に電話をかけて、謝礼の件はなしにしてくれ、と頼もうかと思った。

が、とにかくこの店の社長と話すまではようすを見ようと決めた。

十分が過ぎた。

社長は現われない。かわりに同伴と覚《おぼ》しい、日本人の男と中国人のホステスのカップルや、出勤前のボーイらしい黒服姿の男たちがやってきた。

黒服の中にも中国人はいるようで、中国語でエプロンの女とやりとりを交している。

さらに二十分が過ぎ、店はどんどん混んできた。七時半には満卓になった。そうなると片付ける間を惜しんでか、エプロンの女は、他のテーブルからでた空き壜《びん》やグラスを、甲賀たちのテーブルにおき始めた。人手が足りないのもあるだろうが、これ見よがしに邪魔者扱いをされている感じだ。

八時になった。さすがに甲賀は、

「まだかな」

とエプロンの女に声をかけた。

「わたしわからないよ。社長、さっきくるといったよ」

女は料理の皿を運びながら、つっけんどんに答えた。

甲賀は舌打ちをこらえた。どこからくるかは知らないが、一時間は待っている。急に用事ができてこられなくなったとでもいうのだろうか。だがそうなら、連絡くらいあってもおかしくない。

そこへさらに新しい客が現われた。四人組の男だった。

「いらっしゃいませ――」

エプロンの女がいって店を見回し、嫌な目つきを甲賀に向けた。

「いいよ、いいよ、でるから」

甲賀はいって立ち上がった。表に立って待つなり、階段に腰かけるなりしてやる。

「はい」

女はいって甲賀たちのテーブルをおざなりに雑巾《ぞうきん》でぬぐい、

「どうぞ」

と新来の客に声をかけた。甲賀は財布をだしながら女に告げた。

「外で待ってる。社長さんがきたらそういってくれ」

「はい。千二百円」

青珠は黙って甲賀にしたがった。

店をでようとして、四人組がまだ出入口につっ立っていることに甲賀は気づいた。四人ともスーツにネクタイを締めている。

不意にそのひとりが中国語を喋った。青珠が驚いたように顔を上げた。

甲賀は思わず男と青珠の顔を見比べた。

「知り合いか」

青珠が答えるより先に、別の男が日本語で甲賀にいった。

「お前誰だ」

甲賀は無言で男を見返した。いきなりお前はないだろう。そう思ったが、いい返す度胸はない。

「お前、誰だっていってんだよ」

その男が甲賀に再度いった。どうやら日本人のようだ。

「いきなりそういう訊き方はないだろう。あんたら彼女の知り合いか」

相手が日本人だとわかったので、甲賀は少し強気でいくことにした。やくざ者のようには見えない。

「わたし知りません」

青珠がいった。

「この人、わたしにいっしょにこいといいました。でもこの人知りません」

「悪かったな」

不意に日本人がいった。

「なんで俺たちのことがわからないのか、わからないけど、同じ店の仲間なんだ。だから声かけた」

「同じ店？」

「そう。この近くのクラブ」

日本人はあいまいに右手を動かした。

「お宅ら、そこで働いている人たち？」

「ああ。彼女と連絡がつかなくて捜してたんだ」

だとすれば話は合う。ただ水商売にしては口のきき方が乱暴だ。これから客になるかもしれない相手に向かって、お前誰だ、とはふつう訊かない。

「店の名前は？」

「え？」

「働いてる店の名前を訊いている。これから彼女といこうかって話していたんだ」

甲賀は男の目を見つめ、いった。男は瞬きした。

「いや、今日は休みなんだ。その、改装工事が入ってて。俺らは手伝いで駆りだされたけど――」

「そうなんだ。何て名前の店？」

「聞いてるだろう、彼女から」

かたわらの中国人がいった。

「今から連れていきます。工事しているの、見ればわかります」

甲賀は首をふった。

「そんなことを訊いているんじゃないんだ。彼女とあんたたちが働いているというお店の名前を知りたいだけだ」

日本人と中国人は顔を見合わせた。

「いこう」

甲賀は青珠をうながした。どうも妙な空気だ。はっきりしているのは、こいつらは嘘を吐いている。

四人のあいだをすり抜け、階段を登った。

表にでると、通りは一気に華やいでいた。この不景気だというのに、すわって何万て金が飛ぶ店に、こうも多くの人間がやってくるのが信じられない。

背後で足音が響いた。

「よう」

四人組が階段を駆け登ってきていた。日本人が先頭にいる。

「なんか誤解があったみたいだけど、話せばわかるから」

少し低姿勢になっている。甲賀はあたりを見回し、男に訊ねた。

「あんた、名前、何ていう？」

「俺？　お、俺は、タカハシ」

「タカハシさんか、彼女はあんたたちのことを知らないみたいだけど」

「その、直接、会ったことがあるわけじゃないんだ。で、あんたは何てんだ」

甲賀は首をふった。

「悪いが教えられない。なんでかって？　あんたのいってることがまるで信用できないからだ」

自称タカハシの顔が険《けわ》しくなった。かたわらの男が進みでた。

「私たちの店にきて下さい。くればわかります。この人、知り合い、いっぱいいます」

「その店はどこなんだ」

「あっち、あっちのほう」

男は「紅龍飯店」の入っているビルの裏手の方角を指さした。

「店の名前は？」

「ゆ、『夕霧』」

タカハシが不意にいった。甲賀は吹きだしそうになった。まるで場末のラブホテルだ。銀座のクラブとはとうてい思えない。

「『夕霧』？」

「そう。『夕霧』だ」

甲賀は青珠をふりかえった。

「知ってるか」

青珠は眉根に皺《しわ》をよせ、首をふった。

「いいからきてくれよ」

タカハシがいった。

「頼むよ。連れていかないと、俺ら怒られちまうんだ。社長がずっと捜してんだよ、彼女のこと」

「『夕霧』の社長が？」

「『夕霧』の社長が」

「なんで連れていかないと怒られる？」

「知らない。とにかく連れてこいっていわれてるんだ」

「すぐそばです」

かたわらの中国人がいった。

甲賀は息を吐いた。ラチが明かない。いっていることはまったく信用できないが、ひとつだけ確かなのは、この連中は青珠を知っている。

そうでなければ、宵《よい》の銀座で、いきあたりばったりに人さらいをしようという阿呆だ。

「どうする？」

甲賀は青珠を見た。

「この人たちは青珠を知ってるみたいだ。少なくとも知っている人間を知ってる。この人たちといっしょにいくか？」

「ゴロー、いっしょですか」

「俺はやめておくよ」

「じゃわたしもやめます」

「なあ、そんなこといわないで」

タカハシがいった。甲賀は空を仰いだ。

「社長さんてのは日本人か」

「そうです」

中国人が答えた。

「名前は？」

「クラタさん」

「どんな字を書くんだ？」

タカハシを見た。

「倉敷の倉に田んぼの田」

すらすらとタカハシは答えた。

「その倉田さんはどこにいる？」

「店だ」

「『夕霧』？」

頷いた。

「で、訊くが、あんたたちは飯を食いにきたのか、彼女を迎えにきたのか」

「迎えにきました」

中国人が答えた。

「誰かから教えられて？　彼女が『紅龍飯店』にいることを」

「わかりません。倉田社長がそうしろといいました」

「わかった！」

甲賀は頷いた。

「きてくれますか」

「悪いが、このあと俺と彼女は、人と約束がある。だから今日はいけない。明日、店に訪ねていく。『104』で『夕霧』の電話番号を訊いて。それとも今、店の名刺をもっているか」

タカハシと中国人は首をふった。

「必ずいく。だから今日は見逃してくれ。どうだい」

タカハシが首をふった。

「駄目だ。今、連れていかなけりゃ俺たちが怒られる」

「じゃ、どうする？　この銀座のまん中で、拉致《らち》するってか」

「お願いします」

「明日にしよう」

中国人の表情も険しくなった。

「どうしても今日、駄目ですか」

「用事があるっていったろう」

甲賀は手を広げた。客やホステスや、その他黒服みたいな連中が通りをいきかっている。たとえ十人いようと、力ずくで何かができるような場ではない。

銀座でよかった、と甲賀は思った。これが錦糸町の裏通りだったら、全力疾走で逃げる場面だ。

「どうしてもいっしょにいきます」

中国人は首をふると、いきなり中国語で青珠に話しかけた。青珠が目をみひらいた。

「何だって？」

「聞かないほうがいいです」

「威《おど》されたのか」

中国人がまた中国語を喋った。青珠がいい返した。そして小声でいった。

「わたしいっしょにいかないと、ゴロー殺すって」

「お巡りさーん！」

甲賀は大声をあげた。あたりの人間がいっせいに立ち止まり、目を向けてくる。

「殺すって威されてます！　誰か一一〇番して下さーい」

舌打ちしたのはタカハシだった。中国人を肘《ひじ》で小突き、

「いくぞっ」

と駆けだした。目を丸くしていた中国人もあわててあとを追った。四人組はばらばらと走って、飲み屋街の雑踏《ざっとう》に消えた。

「いこう」

甲賀は青珠の手をひっぱった。本当に警官がきたら、困るのはこっちも同じだ。男たちが走り去ったのとは反対の方向に急ぎ足で歩いた。

5

新橋駅がすぐだった。電車に乗って逃げることも考えたが、とりあえず甲賀は青珠と駅前のベンチに腰をおろした。SL広場という名がついていて、よくテレビの街頭インタビューをやっている場所だ。交番も近くにあるし人混みの中にいるのが今は一番安全だ。

甲賀は携帯電話をとりだした。「104」で「紅龍飯店」の電話番号を調べ、かけた。

「はい」

男の声が応えた。

「さっき店にいた者だけど、社長きたかい？」

すぐに返事はなかった。ガサガサという音がして、中国語のやりとりが向こうから聞こえた。

「もしもし、電話かわりました」

女の声になった。

「さっき店にいた者だ。社長を待って。きたかな、社長は」

ああ、と女はつぶやいた。

「社長こないです。用事でこないと電話ありました」

「そうか。ありがと」

甲賀は電話を切った。もう一度「104」にかけ、訊ねた。

「銀座の『夕霧』って酒場の番号を」

オペレーターがお待ち下さい、といってキィボードを叩くカシャカシャという音が聞こえた。やがて、

「ゆうぎり、ですか」

「そう。『夕霧』」

「そういう名前でのお届けはないようです」

やっぱりだ。甲賀は電話を切った。

かたわらにすわる青珠は無言であたりを見ている。少し寒そうだ。

「なあ、あいつ青珠に何ていった？　さっきの店で声をかけてきた中国人」

青珠は瞬きした。

「最初に中国語で話しかけたろう」

「ああ。ええと、何してる、です」

「『何してる』？」

「そうです。ここで何してる、といいました」

「知り合いなんだな」

青珠は首を傾げた。

「知り合いじゃなけりゃ、『ここで何してる』なんて、いきなり訊かないだろう」

「そうかもしれないです。でもわたし知らない」

青珠は小さく首をふり、ため息をついた。

「まあ、あいつらが嘘つきでまっとうじゃない連中なのは確かだな。今訊いたら、『夕霧』なんてクラブはなかった。青珠とあいつらが働いてるっていった店だ」

青珠は頷いた。

「倉田って名前に覚えはないか」

その名だけを、タカハシはすらすらと口にした。実在の人間かもしれない。

「クラタ」

青珠は口の中で何度もくり返した。

「わからないです」

不安げに甲賀を見つめた。

「問題は、あの四人は嘘をついてでも、青珠を連れていこうとしたってことだ。ただの同僚だったらそんな真似をする必要はない。それと、いったい誰が青珠がさっきの店にいることを教えたか。倉田って奴があいつらをさし向けたのだとしても、倉田に教えた人間がいたわけだ」

甲賀は手にしている携帯電話をのぞきこんだ。

まず怪しいのは「紅龍飯店」の社長だ。これからくるといっておいて現われず、かわりにあの四人組がきた。

次に可能性があるのは、先に「紅龍飯店」をでていった二人の中国人ホステス。

さらにその二人から写メールを受けとった誰か。そういえば、そのうちのひとりの知り合いで青珠を知っているかもしれない、という人間から電話がない。これも怪しい。

思わず舌打ちがでた。どんどんややこしい方向に話が進んでいる。

いったい英淑は何をしてるんだ。英淑とさえ連絡がつけば、この状況から逃げだせるのに。

「寒いです」

青珠がつぶやいた。確かに唇が白っぽい。

「帰るか」

甲賀はいって立ちあがった。さすがに疲れていた。

アパートに帰りつくと青珠はコタツにもぐりこみ、頭を垂《た》れた。目を閉じ、じっと動かない。

考えてみれば今朝早くに保護され、病院で治療を受けたばかりだ。早く縁を切りたいばかりに、「西安」だ、「紅龍飯店」だと連れ回したが、本人はくたくただろう。これで病気にでもなられたら、もっと厄介《やっかい》なことになる。保険のない青珠を病院に連れていったら、残りの有り金がふっとびかねない。

「少し休めよ」

今さらのような気もしたが、甲賀はいった。

青珠は答えない。どうやら眠ってしまったようだ。わずかに開いた口もとから寝息らしい音が聞こえてくる。

甲賀は押し入れから使っていない夏掛け布団をひっぱりだした。下半身はコタツの中だが、上半身は外にある。子供の頃、コタツで眠ると風邪をひく、とよく親にいわれた。

夏掛けを青珠の背中にかけてやった。

携帯を手に、コタツに足を入れたまま甲賀は寝転がった。下から青珠の寝顔がよく見える。

いったいこの女は何者なのだ。

わかっているのは、何か、犯罪にかかわっているのはまちがいない、ということだ。

偽装結婚までして日本の永住権を得たのは、単に出稼ぎだけが目的ではなく、もっと危ない金儲けに加担するためだったのではないか。

その金儲けが仲間割れを起こし、伊賀が身許を知ろうとしていた男が殺された。

犯罪者の仲間割れは、ふつう犯行の前ではなく、後に起こる。分け前を巡る争いか、密告を恐れるかの、どちらかが理由になる。いずれにしても、犯行に及ぶ前には起こらない。

最近、そういう大きな事件があっただろうか。宝石屋に押し入ったとか、銀行のＡＴＭが壊されたとか。

記憶はない。新聞をとっていないし、ニュースをまめに見るほうでもないので当然かもしれない。

思いつき、加場《かば》にメールを打つことにした。加場は大東新聞の記者だ。大東新聞は東京に本社をおくが、三大紙のような大新聞ではない。だが警視庁の記者クラブにはいちおう加盟していて、甲賀が機捜の品川分駐所にいた頃、知り合った。大東新聞が品川にあったので、ちょくちょく飲みにいったり、麻雀をやったりしたのだ。名前の通り、体が大きく、「カバ」と呼ばれていた。体に似合わず小心者で、リーチがかかるとすぐベタ降りする。

たいして鼻の利《き》く記者ではなかったが、つきあいがいいのでよく居酒屋でたかった。ときどきネタを提供してやったりもした。大新聞だったらベタ記事扱いの、ひったくりやスリがらみの事件でも大東は特集面の材料によく使うからだ。

この一ヵ月で、中国人がらみと見られる大きな犯罪がなかったかとメールを打った。最後に会ったのは退職する半年くらい前だから、もう四年近く会っていない。

携帯電話が鳴った。加場の番号がでている。

「はい」

「ゴローちゃん、久しぶりじゃないの。元気してた？」

声の向こうはにぎやかだ。居酒屋かどこかにいるようだ。

「まあまあ、かな」

青珠に目をやりながら答えた。起きるようすはない。

「今どこで何してんの」

「いろいろ。住んでるのは錦糸町」

「えー。伊賀ちゃんがいったところじゃない」

「たまたまだよ。まさかあいつが本所にくるとは思わなかった」

「そうなんだ。なつかしいねえ」

「メール見たかい」

「もちろん見たから電話したんだよ。なに？　何か追っかけてんの」

さすがに記者らしく、質問から入ってくる。

「そうじゃない。ただちょっと知り合いの中国人と連絡がとれなくてさ。何かヤバいことにでも巻きこまれたのじゃないかって」

「誰、それ」

「あんたにいっても知らないよ。で、どうなの。そういう事件《ヤマ》あった？」

「うーん。最近だよね」

「そう。一ヵ月以内くらいで」

「ないよ」

あっさり加場は答えた。

「大きな被害がでているような、強盗や窃盗《せっとう》はなし。ちっちゃいのはまあ、わかんないけど。最近はほら、中国人も金持になったから。こんなシケた国、相手にしないんじゃない」

「そうか」

シケたアパートのすすけた天井を見上げ、甲賀は答えた。

「で、どうなのよ。ゴローちゃんはどんな事件追っかけてんの」

「別に追っかけてなんかいない」

「また、そんな。五十嵐《いがらし》隊長、いってたよ。『いろいろあったけど、甲賀は鼻のいい刑事《でか》だった』って。辞めなきゃ本社にひっぱられるのも時間の問題だったのじゃない？」

「ないない。俺みたいな問題児」

「彼女とはどうなったの」

「とっくに別れたよ。クビになった奴に用はないって」

「そりゃ寂しいねえ」

彼女いない歴イコール人生の長さの加場は、甲賀に対する思いやりのまるでない、ひっひという笑い声をたてた。

「まあ潮《しお》どきでしょう」

「そこら辺、いさぎよくていいよね。彼女のためにやらかしたのに」

「それはそれだよ」

「で、今はひとり？」

「もちろん。素浪人にくっつく馬鹿はいない」

「怪しいな。ゴローちゃんもてるからね。うちの栗山《くりやま》女史もいってたもん。なんかほっとけない気にさせるって」

「勘弁して」

栗山というのは、大東の警視庁記者クラブにいた男勝りのおばさん記者だ。

「まあ、いいや。何かネタあったら教えてね。飯でも食べようよ」

「オッケー、オッケー」

加場にあわせて軽く答え、甲賀は電話を切った。目を閉じる。

甲賀が警察を辞めた事情を詳しく知っている、数少ないひとりが加場だ。

――お嬢さん女子大出のモデルなんだって。よくそんなのつかまえたね
モデルはもうアガってる。今は六本木のバーを手伝ってるんだ

――じゃ、その店で知り合ったんだ

お嬢さん女子大出もモデルあがりも本当のことだ。ただ、バーの手伝いをやる前に、六本木のキャバクラで働き、フロントの金貸しに水揚げされていたことを知らなかった。

麻矢《まや》を思いだすと、今でも少し下半身がむずむずする。セックスに関しては貪欲《どんよく》で、その飽《あ》くなき欲求を愛情だと甲賀は思いこんでいた。

贅沢《ぜいたく》好きの尻軽とわかり、気持が醒《さ》めてからも、ずるずるとつきあった。体に未練があった。

そこに元パパがつけこんできた。藤井組のフロントで、闇金をやっていた駿河《するが》だ。本職の極道よりタチの悪い男だった。

甲賀は首をふり、目を開いた。青珠がこっちを見ていた。目が合った。

「起きたのか」

「まだ眠いです」

「だったら寝ろよ」

「ここで寝ていいですか」

甲賀は息を吐き、コタツのあるリビングの向こうの部屋を見やった。

「あっちにベッドがあるから、それ使え。コタツじゃ風邪ひく」

「ゴロー、どこで寝ますか」

「俺はこっちで平気だ」

青珠は何かをいいかけたが、黙って体を起こした。無言でトイレにいく。そのあと洗面所で水を流す音がした。顔や手を洗っているようだ。

甲賀は立ちあがった。洗面所には、ラブホテルからもらってきた使い捨ての歯ブラシがおいてある。それをだして、腰をかがめている青珠のかたわらにおいた。

「これ使え」

コタツに戻った。

しばらくすると青珠が戻ってきた。寝そべっている甲賀を見やり、

「寝ます」

といった。甲賀は無言で頷いた。化粧を落とした青珠は、実際の年より若く見えた。肌がきれいだった。

「おやすみ」

「おやすみ」

青珠は寝室に入るとドアを閉めた。甲賀はまた立ちあがり、台所においてあった日

本酒の一升壜《いっしょうびん》とコップを手にコタツに戻った。

酒でも飲まなければ眠れない気分だ。麻矢のことを思いだしたあと、同じ屋根の下に女がいる。

青珠が応じるかどうかはともかくとして、手をだそうものなら、泥沼が長期化するのは目に見えている。

それは絶対に駄目だ。コップに半分注《つ》いだ酒を一気飲みし、甲賀は自分にいい聞かせた。

6

ブーブーという携帯電話の振動音に目を開いた。喉《のど》がからからだ。頭の横に転がっている携帯電話を手にとり、画面を見た瞬間、甲賀は体を起こした。英淑の番号がでている。

「もしもし！」

「ゴローちゃん、どうしたの、何度も電話して。わたし驚いたよ」

「何いってんだ。留守電聞かなかったのかよ」

時計を見た。午前七時四十分だった。

「ずっと連絡待ってたんだぞ」

「わたし中国帰ってた。さっき成田に着いて、電話の電源入れたね」

舌打ちとため息が同時にでた。

「いつ、こられる？　すごく困ってんだよ」

「今からスカイライナー乗って帰るけど、荷物がたくさんあるね。だから夜よ」

「そんなに待てない。早くしてくれ」

「大丈夫、大丈夫。夫婦じゃない。仲よくやりなさい」

「あのな」

青珠は記憶がないんだ、といおうとしたとき、

「電車きたよ。また電話する」

英淑は電話を切ってしまった。

台所にいき、甲賀は水を飲んだ。八合ほど残っていた一升壜が半分より少なくなっている。喉が渇《かわ》くわけだ。

コタツに戻り、煙草に火をつけたところで寝室のドアが開いた。

「英淑と連絡がついた。中国に帰ってたらしい。今日中には、何とかなるぞ」

青珠は目をみひらいた。

「わたし家へ帰れますか」

「英淑なら、青珠の家がどこなのか知ってる筈だ」

「本当ですか」

青珠は甲賀のかたわらにきて、しゃがみこんだ。

「俺との結婚を世話した奴なんだ。きっと青珠のことを詳しく知っている中国人にも知り合いがいる」

青珠はほっと息を吐き、両手で顔をおおった。安心したようだ。

交渉しだいだが、青珠の治療費を英淑からとれるかもしれない。そう考えると、甲賀も気分が上向いてきた。

「朝飯、買ってくるわ。サンドイッチとかでいいか」

青珠は手をおろし、頷いた。

「ありがとうございます」

甲賀は瞬きした。初めて青珠に礼をいわれたような気がする。

「別に。腹が減ったからさ」

洗面所で歯を磨いて顔を洗い、甲賀はアパートをでた。

歩いて十分のところにコンビニエンスストアがある。そこでサンドイッチを二つと紙パック入りのスープを買い、戻った。クリスマスソングもきのうほど耳障りではない。

スープをあたため、カップに注いでサンドイッチと食べた。青珠は昨夜よりだいぶ顔色がいい。

「眠れたか」

食べ終えると煙草に火をつけ、甲賀は訊ねた。青珠は頷いた。

「ゴローのベッド、とても気持よかったです。ゴローはお酒飲んだですか」

一升壜を見ている。

「少しな。いろいろ考えごとがあって」

「わたしのことですか」

「それ以外も、だ」

「きのう電話してた、誰ですか」

「昔の知り合いの新聞記者だ」

無言で甲賀を見た。

「『紅龍飯店』にきた四人組がいたろう。青珠を連れていこうとした」

「悪い人たちですか」

「すごいワルってわけじゃないだろうが、まっとうな連中じゃない。何か中国人がらみの犯罪に関係しているかもしれないと思ってさ。最近、そういう事件がなかったか、訊いたんだ。新聞記者なら、詳しいからな」

「犯罪？」

「だから強盗とか泥棒とか」

青珠の顔が真剣になった。

「わたし悪いことをして、誰かが捜してる？」

「青珠がしたとは限らない。青珠の友だちが悪いことをしたのかもしれない。ただそのことを知っている青珠がいなくなったんで、警察に通報されるのを恐がっているとか」

青珠は顔をうつむけた。カップからスープを飲みながら真剣に考えている。

「ほら、きのう見せられた写真の男と走って逃げたっていったろう。悪い奴らに追っかけられていたのじゃないか」

「わたし……、逃げました」

「そうだろう。なぜ逃げた？　誰から逃げた？」

青珠はしばらく無言だった。

「──ヘビ」

「ヘビ？」

まただ。

「ヘビはどこにある」

「それは生きている蛇か」

「わかりません。ヘビのこと訊かれました」

「誰にだ？　あの四人組の誰かか」

青珠は首をふった。

「ちがいます。あの人がいました。写真の人」

やはりか。甲賀は宙をにらんだ。

「あの人と会ったら、わたしのこと知ってます」

甲賀は唸《うな》った。

「会えないですか。写真見せた人、ゴローの知り合いです」

甲賀は煙草を灰皿に押しつけた。

「会えないよ。どうしてかっていうと、あの写真にうつってたのは死体だからだ」

「死体？」

「マッサージ屋で会ったのは刑事なんだ。警察だ。死体が見つかって、その身許がわからない。ただ中国人らしいんで、あそこに訊きこみにきた」

青珠は目を大きく広げた。

「それ、本当ですか」

「ああ」

「死んでるってどうしてわかりますか」

「生きているように修整するんだ。目を開けてないと見分けがつきにくいし、ひと目で死体とわかるような写真は見せられないからな」

青珠がわずかに身を引いた。

「ゴロー、よく知ってますね」

「まあな」

「ゴロー、警察だったですか」

甲賀は頷いた。

「四年前まではな」

「警察なのにわたしと結婚したですか」

「ああ。そうだ」

青珠は黙った。やがて訊ねた。

「どうして」

「だからいったろう。金がなかった。英淑に借金があって、それを帳消しにした上にいくらかくれるっていうから乗った」

青珠は甲賀を見つめ、瞬きした。

「それは悪いことではないですか」

甲賀は苦笑した。

「悪いことだ。バレたらつかまる。まあ刑務所に入れられるまではないけどな」

青珠は非難するような目になっている。

「おいおい、青珠だって同じなんだぞ。金を払って、嘘の結婚をしてくれる相手を捜したんだ。むしろ俺が訊きたいよ。なぜそこまでして日本の在留資格を得ようと思ったんだ？」

青珠は視線をそらした。

「わかりません」

「働いて金を稼ぐだけなら、ふつうそこまでしない。最初にかなり金がかかるからな」

「いくらくらいですか」

「二百万円とか三百万円。もしかするともっとかかるかもしれん」

「そんなに？」

「ああ。だからよほど日本にきたい理由がなけりゃそこまでしない。昔ならともかく、今は日本も景気が悪い。モトをとろうと思ったら大変だ」

青珠の目が揺れた。

「わたし何をしたら、そんなにたくさんお金を稼げますか」

「ホステスじゃ無理だな。売春、かな」

「バイシュン？」

「金をもらってセックスする」

青珠ははっと顔をあげた。

「嫌です」

「別にしろっていってるわけじゃない。ただ何百万もかけて日本にきて、それをとりかえそうと思ったら、そういう仕事くらいしかないってことだ。あとは泥棒とか強盗だけど、女の青珠にそれはないだろう」

青珠は頷いた。

「じゃあわたしはセックスしてお金を稼いでいたですか」

「わからない、そいつは。だけどおそらくちがうと思う」

甲賀は冷たくなったスープの残りをすすった。口の中が妙にしょっぱくなってきたのだ。

「売春をやってたのなら、なんていうのかな、もっと男に慣れた感じがある。男を恐がらないというか、ひらきなおったような雰囲気みたいのをもってる筈なんだ」

「でも、忘れていたらわからない」

「そりゃそうだけど、基本的なスタンスみたいのは、かわらないだろう。偽装結婚までして日本で売春するつもりできたのなら、相当覚悟している。そういうのは、絶対、態度にしみついてる」

「本当にそう思うですか」

甲賀は頷いた。

「本当だ。俺は刑事だったから、売春をやってる女の子をたくさん見た。日本人だろうが何人《なにじん》だろうが、どっかひらきなおっていた。青珠は初めてここにきたとき、緊張して隅っこにいた。知らない男と二人きりになるのに緊張してたら、売春なんかできない」

　青珠の表情がゆるんだ。

「よかったです」

「英淑に訊けば、実際に何をしてたか知ってるんじゃないか。医者も、ふだんの暮らしに戻れば、いろんなことを思いだすかもしれないといってたし。思いだせないことに怯《おび》えてもしょうがない」

　青珠は小さく頷いた。

　携帯電話が鳴った。英淑か、と思ってとりあげると、画面は非通知となっていて、かけてきた番号が表示されていない。

　嫌な感じがした。

「はい」

「李青珠《りせいじゆ》さんのお友だちの方ですな」

　男の声がいった。妙に重々しい喋り方をする。

「そうですが、そちらは？」

「あなたが青珠さんのことを知りたがっているというのでお電話をさしあげました」

　日本人だ。たぶん五十歳は過ぎている。

「それはどうも」

「李さんは、私どもの会社で働いておられた。ですが一昨日から連絡がとれなくなって、どうしたのかと捜しておったのです」

「失礼ですが、お宅の名前は？」

「私ですか。ムナカタと申します。宗教の宗に形《かたち》と書きます」

「宗形さん」

「昨夜遅く、取引先の中国人から連絡がありましてね。写メールを見せられたが、うちの李さんじゃないか、と。その人は日本語があまりうまくないので、私に確認してくれとあなたの番号を教えられた」

「そうですか」

「あなたのお名前は何といわれる？」

「俺は――甲賀といいます」

「甲賀さん」

宗形はいって、一瞬、沈黙した。

「ええと、宗形さんの会社はどちらですか」

「私どもの会社ですか。京橋です。主に中国を対象にした、海外投資の顧問会社です」

まるで縁がない。

「李さんにはうちで通訳兼情報収集の仕事をやっていただいています。聞くところによると、病気だというお話ですが」

「ええ、まあ」

「雇用者としては、ほうっておけないと思い、こうして電話をさしあげたのですが。失礼ですが、甲賀さんは李さんとはどのようなご関係ですか」

夫婦だ、と告げたら何というだろう。いってみたかったが、この宗形が信用できる人間かどうか、まだわからない。

「知り合いです。たまたま共通の友人がいて」

「共通の友人。何とおっしゃる方ですか」

「杜さん、です」

「中国の方ですね」

「ええ」

「杜さん、杜さん……。新橋で貿易会社をしておられる杜さんですか」

「いや、別人だと思います」

英淑はいろんな商売に手をだしていそうだが、とりあえず否定した。

「その杜さんでないとすると、私は存じ上げないかもしれない」

「そうですか」

ちょっと間が空いた。

「それで李さんのことなのですが、今はどちらにいるのでしょうか」

「その杜さんといっしょです」

とっさに嘘をついた。

「では杜さんの連絡先を教えていただけませんか」

「あとで会うことになっているので、連絡をさせます。そちらの番号を教えていただけますか」

「会社のほうでよろしいですか」

「ええ」

「では申しあげます。『ムナカタフィナンシャルプランニング』、電話番号は代表で〇三の――」

メモをとった。教え終わると宗形は訊ねた。

「いつ頃、ご連絡をいただけますか」

「杜さんと会うのは夜になるかもしれません。その場合は、携帯電話にご連絡しましょうか」

「いや、会社におりますので、もしスタッフが電話にでた場合は、ことづけていただければよろしい」

態度が大きい。もしかすると本当に青珠の雇い主なのかもしれない。だが油断はできない。「クラブ夕霧」が駄目だったので、今度は投資顧問会社を騙《かた》ったという可能性もある。

「ちなみにうかがいますが、倉田という人をご存じですか」

甲賀はいってみた。

「ムラタさん」

「いえ、倉田です」

一瞬言葉に詰まるとかそういう反応を期待したのだが、見事に外れた。

「いや、知りません。その方が何か」

「いえ。李さんを捜しているみたいだったので、お宅の会社の方かと思って」

「そういう者はおりません」

宗形はきっぱりといった。

「わかりました。では後ほどご連絡をします」

宗形は何かいいたげだったが、甲賀は電話を切った。

「誰ですか」

「青珠が働いている会社の人間だ、といった」

「わたしが働いている会社？」

「中国向けの投資顧問会社だそうだ。覚えてないか」

青珠は首を傾げた。

「『ムナカタフィナンシャルプランニング』。どうやらその社長で宗形というらしい。偉そうな喋り方をするおっさんだ。青珠はそこで通訳と情報を集める仕事をしているそうだ」

「わたしが通訳」

「通訳はできるだろう。そこまで日本語を話せるのだから」

「投資顧問とは何ですか」

「中国の会社の株を買ったりとかそういうことじゃないか。俺はよくわからないが――」

答えかけ、甲賀ははっとした。もし青珠が投資顧問会社で働いていたのなら、「投資顧問」という言葉を知らない筈がない。自分のことを思いだせないのと、言葉の知識を失うのとは別だ。

記憶喪失になって自分の仕事を忘れることはあっても、日本語をこうして理解できる以上、職種の意味がわからなくなるのはありえない。

つまり青珠が「ムナカタフィナンシャルプランニング」で働いていたという宗形の言葉は偽りだ。

「嘘だな」

甲賀はつぶやいた。

「今の電話の男は俺に嘘をついた。もし青珠が本当に投資顧問会社で働いていたなら、『投資顧問』という言葉がわからないわけがない。仕事の内容がどんなことかも」

青珠はつかのま考え、頷いた。

「そうです。わたし知らないの変です」

「問題は、なんですぐにわかる嘘をついたのかだ」

「わたし思いだせないの知ってるから？」

「紅龍飯店」にいた中国人ホステスが電話でいった「日本語のうまくない友だち」が宗形のいう「取引先」の可能性は高い。青珠が記憶喪失になっていることをそのホステスから聞いて、自分の部下だという嘘をついたのか。

「だとしてもあまりにいい加減だろう。もう少し青珠が思いあたるような仕事をいうさ」

「たとえば何ですか」

「そりゃわからないけど。ただこう思わないか。もし青珠が本当に、ちゃんとした会社に勤めていたなら、在留資格を得るのに偽装結婚なんかする必要ないだろう。まともな会社なら、ビザはおりる」

「そうですね」

「仕事がどんな作業だったか、思いだせないか。たとえばコンピュータでずっと何かしてたとか」

「コンピュータ……」

日本にいる中国人は、それこそ風俗嬢でもコンピュータを扱い慣れている。メールを本国の家族や友人とやりとりし、ネットで中国国内の最新事情を仕入れている。

「コンピュータ、ここにありますか」

青珠が訊ねた。甲賀は首をふった。

「ここにはない。去年、ずっと使ってたのが壊れて、それきりだ。新しいのを買えなくてな」

「わたし、コンピュータ使います。中国のこと、よく見ていました。でも仕事していたかどうか、わかりません」

コンピュータがあれば、青珠は何か思いだすかもしれない。

「青珠は、日本語の読み書きはできるか」

青珠は首を傾げた。甲賀はあたりを見回し、古い週刊誌を手にとった。

「これは?」

適当に開いたページを見せた。目を走らせ、青珠はいった。

「少しわかります。『欲求不満の人妻はムンムン』。でも意味が——」

甲賀はページを閉じた。

「読めればいいんだ、読めれば。書くほうはどうだ」

「平仮名少し書けます。漢字、難しい。中国とちがいます」

甲賀が知る限り、日本にくる前に中国人はあるていど日本語を勉強するが、ここまでは習熟してこない。彼ら彼女らは日本にきてからも、学校で日本語を勉強する。日常会話が不自由なくなるのにはやはり年単位の時間が必要だ。まして青珠のように読み書きができるほどとなると、二、三年くらいはかかる。

「不思議だ。青珠は、日本にたぶん二年くらい住んでる筈なんだ。それなのになんで今さら偽装結婚なんかする必要があったんだ?」

「わたしそんなに長く日本にいますか」

「そうじゃなけりゃそこまで日本語がうまくなれない。他の言葉はどうだ?　英語とか」

「英語……」

「キャン・ユー・スピーク・イングリッシュ?」

試しにいってみた。

「イエス、バット・ア・リトル」

即座に青珠が返したので、甲賀は目をみひらいた。しかも発音がいい。

「すげえな」

青珠自身も驚いたようだ。

「今喋ったのは英語ですか」

「そうさ。たぶん俺より話せるな」

甲賀は薄気味悪くなってきた。最初は、出稼ぎ中国人ホステスだと思っていた。しかし、何人もの人間が連れていこうとしている、こんなに流暢《りゅうちょう》な英語を喋る女が、ただのホステスのわけがない。死人がでていることを考えると、よほど大がかりな犯罪に関係しているのではないか。

だがそんな〝大物犯罪者〞を、英淑が甲賀と偽装結婚させるだろうか。もちろん英淑もだまされていたという可能性はある。中国の公安や日本の警察がマークするような犯罪者である青珠が、偽の身分を手に入れるために、あえて中国マフィアとは縁の薄い英淑を使ったのかもしれない。

とはいえ、青珠は売春婦でないと感じたのと同じように、犯罪者だとも甲賀は思えなかった。

もちろん偽装結婚をした時点で、青珠は犯罪者だ。だが職業的な犯罪者なら、いくら記憶を失くしていても、もっとこすからかったり、粗暴な言動をとるのではないか。

ある部分、青珠には図々しさはある。だがそれは職業犯罪者とは異なる、性格的、あるいは民族的な図々しさだ。

「早く杜さんに会いたいです」

甲賀の不安が伝わったのか、青珠はいった。

同感だった。青珠がもし〝大物犯罪者〞か、その関係者なら、さっさと縁を切りたい。

これ以上のトラブルは絶対に御免だ。身の安全が危ういことに加え、ひっぱられる可能性だってある。警察は、定職についていない元警官を犯罪者予備軍と考える。伊賀のようないやみな刑事にかかったら、逮捕の理由はごまんと見つかるだろう。

英淑から連絡がくるまで、甲賀は一歩も外にでたくなくなった。一刻も早く、青珠を引きとってもらいたい。

7

英淑から電話がかかってきたのは、午後四時近くだった。

「やっと片づいたよ。お土産《みやげ》、あちこち配るの大変だったね」

そんなことしてたのかよ、と毒づきたいのをこらえ、甲賀は訊ねた。

「今どこだ」

「錦糸町だよ。どうする？　どこで会う」

「うちにきてくれ。こみいった話なんだ」

「奥さんもいっしょ？」

「ああ、いっしょだ」

「仲よくなった？　夫婦だもの。なるよね」

「そういうことじゃない。とにかく早くきてくれ」

「病院にいったっていってたけど重い病気なの？」

英淑の声がやや変化した。ようやく留守電を聞いたらしい。

「まあな」

「十分でいくよ」

英淑はいった。

四時きっかりに、ドアチャイムが鳴った。

ドアスコープをのぞくと、手にビニール袋をさげた英淑が立っていた。ひとりだ。

甲賀はドアを開けた。

「ゴローちゃん、お土産よ。これとても効く」

ジーンズに革のジャケットを着た英淑がさしだした袋からは、漢方薬らしい強い匂いがした。

「何だよ」

「湿布《しっぷ》。肩こりにいいよ。本当は日本にもちこみ駄目ね。強い成分あるから」

虎の絵が描かれた箱が袋からのぞいていた。

「ありがとう。入ってくれ」

英淑を招きいれた。英淑の目が甲賀の肩ごしに、部屋の奥を見た。青珠はコタツにいる。

先に説明しようと、甲賀は玄関口で話した。

「きのうの朝、警察から錦糸病院に呼びだされたんだ。俺の奥さんが保護されたって。荷物は何もなくて、あったのは外国人登録証明書だけ。犯罪に巻きこまれたのかもしれないと、警官は疑ってた。怪我はほとんどしてないんだが、問題はここだ」

甲賀は青珠には見えないように、指で額をさした。

「何かショックなできごとがあって、自分がどこの誰だかがわからなくなってる。逆行性健忘というらしい。いわゆる記憶喪失だ」

英淑の口が開いた。英淑を見ると、甲賀はいつも中学の保健体育の女教師を思いだす。

小太りだが妙に肉感的な先生で、男子生徒には人気があった。頭の中が異性への興味でいっぱいのガキにとって、だ。高校の三年になって街で会ったら、口が達者なただのおばさんにしか見えなかった。

四十は超えているが、体にぴったりとした服が好きで、胸と劣らずでた腹を隠す気はないらしい。

「しょうがないから家に連れて帰った。登録証明書には夫として俺の名前や住所もでてる。まさか会ったこともないとはいえないからな。その場には警官もいたし。あんたからはまるで連絡がない上、彼女は何も思いだせないという。しかたがないからまず『西安』に連れていった。誰か、彼女を知ってるのじゃないかと。ところがそこで、昔の嫌な同僚にでくわした。身許不明の中国人の死体が見つかったらしくて、訊きこみにきてたんだ」

英淑の目が丸くなった。

「あんたかと思って焦ったよ。だがまったくの別人で、男だった。ところが、彼女は見覚えがあるってんだ。いっしょに走って逃げた記憶が残ってた。それは刑事に聞かれなかったから、まあ、よかったんだが」

英淑の目は再び青珠を見た。

「『西安』じゃ誰も彼女のことを知らなかった。ただ、あんたがやってるもう一軒の店のことを聞いたんでそこへいった。銀座の『紅龍飯店』だ」

「わたし、ゴローちゃんにいってなかった？」

「聞いてない。銀座なんてどうせ縁がないからかまわないんだが。こっちは金もないし、とにかく彼女の知り合いを見つけたくて必死だったんだ」

「で、見つかったの？」

「まず店にいた、出勤前のホステスらしい子たちが、写メで彼女を撮って友だちに訊いてくれる、といった。お礼は要求されたがな。次に『紅龍飯店』の社長が電話を店にしてきて、彼女のことを知ってるといった。これからくるっていうんで、俺たちは待ってた。ところが社長はこないで、ワケのわからない四人組の男たちが『紅龍飯店』にやってきて、青珠を連れていこうとした。そいつらはありもしない銀座の飲み屋の名をいって、彼女は自分たちの同僚で、行方がわからないから捜してたっていうんだ。話が怪しいんで俺が断わると、殺すって威しやがった。銀座のまん中でだぞ。『お巡りさーん』と叫んだら、逃げていったがな。次に今朝、きのうの中国人ホステスから俺の電話番号を聞いたらしい奴から電話がかかってきた。中国向けの投資顧問会社をやっている、宗形って男で、李青珠は自分とこの社員だっていうんだ。ここにはいない、あとで連絡するってとぼけた。どうもそいつも信用できなかったからだ。青珠にその会社のことを訊いたら、『投資顧問』って言葉の意味も知らなかった。俺があんたに早くこいっていったわけがわかったろう。青珠はなぜだか知らんが、怪しい奴らに追っかけ回されていて、殺されたらしい中国人といっしょに逃げたという。保護してやれるのは俺しかいないが、その俺は、彼女がどこに住んでいて、何をしてたのか、まったく知らないときた」

英淑は大きな息を吐いた。甲賀は、体をどけた。

「で、李青珠はどこ?」

英淑は靴を脱ぎ、部屋にあがるといった。

「そこにいるじゃないか」

リビングのコタツを示した。英淑はその場からじっと青珠を見つめ、やがて甲賀に目を戻していった。

「ちがうよ。ゴローちゃんとの結婚をわたしが世話した李青珠じゃない」

すぐには何もいえなかった。嘘だろ、とかマジ? なんて言葉すら思い浮かんだのは少しあとのことだ。

「いや、え、何?」

「別人。わたし、彼女を知らない」

英淑はきっぱりといった。

「一度も会ったことないね」

そしてずんずんと青珠に歩みより、腰に手をあて、立ったまま見おろすと、早口の中国語をまくしたてた。

青珠が答えると、さらにその何倍もの言葉を浴びせる。まるで青珠を責めているようだ。

甲賀は割って入ることもできず、その場にあぐらをかくと、煙草に火をつけた。それを見て英淑も、もっていた馬鹿でかいクロコダイルのハンドバッグから煙草をだし、シガレットホールダーをつけると吸いだした。煙と言葉がひっきりなしに英淑の口から吐きだされる。

ところどころ青珠がむっとするような場面があった。が、英淑はまったく怯《ひる》むようすなく話しつづけた。

やがて英淑は眉をひそめ、首をふった。

「まるでわからないよ」

甲賀は無言で英淑を見つめた。

「この子は、自分を李青珠だと思ってる。でもわたしが知っている李青珠は、ぜんぜんちがう」

「青珠、あれあるか。外国人登録証」

青珠はさしだした。英淑が受けとり、隅から隅まで調べた。

「確かにこの子の写真がついてる」

「だろう」

英淑は自分のバッグからまん丸くふくらんだ財布をひっぱりだした。その中にさしこまれた自分の外国人登録証と青珠の登録証をコタツテーブルの上で並べた。記載された内容と写真を除けば、まったく同じだ。

「本物みたいだな」

登録証の表の右下に「ＭＯＪ」という金色のシールが貼られている。英淑が登録証を傾けると、金から緑に微妙に色が変化した。

「シールも本物だ」

甲賀はいった。

「中国なら簡単にコピーできる」

英淑は首をふった。

「いったいどうなってるんだ。李青珠は二人いるってことか」

「ここ」

英淑が登録証を指さした。まずは生年月日だ。「一九七九年一月一日」となっている。

「わたしの知っている青珠も同じ誕生日。それに生まれたのが吉林省長春市というのもいっしょ」

「つまり？」

「どちらかが偽の李青珠」

「待てよ。英淑はもうひとりの青珠をよく知ってるのか」

「わたし会ったの二回だけ。結婚の世話を頼んだ人が連れてきた」

「頼んだ人ってのは、つまり、そういう業者か」

英淑は頷いた。

「旅行代理店みたいな仕事。日本にきたい中国人のために、アパートや仕事を世話する。もっとお金だせば、結婚相手見つける」

「何ていう奴なんだ」

つかのまためらい、英淑は答えた。

「ルさん」

「ル？」

バッグからペンをだし、テーブルにあった「ムナカタフィナンシャルプランニング」の電話番号のメモの横に「如」と書いた。

「如《じょ》さんか」

「ジョ？」

「日本だとこの字はジョとかニョと読む。英淑はよく知ってるのか、この如さんを」

「少し。三年前くらいから仕事するようになったね。昔は、旅行のことを仕事にするのは悪い人ばかり。蛇頭《じゃとう》が多かったから」

「ああ」

蛇頭は中国マフィアの名だと思っている人間が多いが、職種にすぎない。「博打うち」や「テキ屋」と同じだ。中国人の違法な入出国を業務にしている連中の総称だ。そのための資金を貸し、とりたてもやる。

「でも最近はかわったね。蛇頭もいるけど、悪くない旅行代理店もいる。如さんはそのひとりよ」

「だけど偽装結婚の斡旋《あっせん》もしてるのだろう」

「それはしかたがないよ。日本が厳しすぎるね」

「英淑は、これまでも如から頼まれて偽装結婚の相手を捜したことがあるのか」

英淑は小さく頷いた。

「わたしあまりやりたくない。でも頼まれるから、日本人の独身の男、三人、紹介した」

「俺が三人目か」

「四人目」

「青珠を連れてきたのは、その如なんだな。如は、中国にも仲間がいるのか」

「いる筈。でもそれが誰か、わたしは知らない。そういう話、しないから」

そうだろう。誰かひとりがつかまったら芋《いも》ヅル式につかまってしまう。

「如はひとりでやっているのか」

「ひとり」

「どこに事務所がある？」

「池袋」

「場所は知ってるんだな」

「知ってるよ」

「結婚に必要な書類を俺が英淑に預けたとき、それは如に渡したわけか」

英淑は頷いた。

「すると青珠をすりかえたのは、その如だな」

「きっとそう。でもなぜそれをしたのかはわからない」

英淑は青珠を見た。

「もしわたしの知っている李青珠が本物で、この子が偽者なら、別の人間になりたくて日本で結婚した。中国でうんと悪いことした人かもしれない」

青珠は不安げに瞬きした。

「まあ、待てよ。かもしれないが、今の青珠は何も覚えてないんだ。如に訊くのが一番早い」

「そうね」

英淑は携帯電話をバッグからひっぱりだした。

「如にかけるのか。そうなら、青珠のことは何もいうな。直接乗りこんで話をしたほうがいい」

「わかった。ゴローちゃんもくるの」

迷惑料を請求する権利はある。

「ああ」

英淑はボタンを押し、耳にあてた。が、やがておろした。

「いないよ。事務所は留守番電話。携帯にかけるよ」

これも同じだった。応答はなく、留守番電話に英淑は中国語を吹きこんだ。

甲賀は青珠を見た。

「如《ル》という名に覚えはないか」

青珠は小さく首をふった。

嫌な予感がした。もし如が、伊賀のもっていた写真の死体の男だったら。

「英淑、如ってどんな男だ。年とか格好とか」

「如さんは四十四。頭、毛が少ないです。眼鏡かけていて、背は小さい」

写真には眼鏡はなかった。が、殺された場所と死体の発見された場所が別なら、眼鏡がなくても不思議はない。何より、刑事が身許確認に動いているという事実が、死体には身許を知らせるような遺留品がなかったのを示している。

「ゴローちゃん、どうしたの」

「いや、何でもない」

英淑の問いに甲賀が首をふると、青珠がいった。

「きのうの写真の人、如さんかもしれません。わたしと走ったとき、眼鏡していました」

英淑が中国語で青珠に質問した。青珠が答える。英淑は少し青ざめた。

「ゴローちゃん、わたし恐くなってきたよ」

小声でいった。

「何が」

「もし如さん殺されたなら、殺したのはこの子かもしれないよ。嘘の李青珠がバレないように」

耳もとでささやく。

「それで記憶喪失になって、ゴローちゃんに助けられた」

「それはない」

甲賀は首をふった。

「どうして。ショックなことあったら記憶なくなるとお医者さん、いったのでしょう。人殺したのがそれだったらどうする」

「たぶん、ちがう」

「なぜわかるよ」

「勘だ」

「勘？」

英淑はあきれたように甲賀を見た。

「俺の前の仕事を知ってるだろう。できそこないじゃあったが、俺はそういうのには勘が働くんだ。青珠は、犯罪にかかわっているかもしれないが、そこまでの悪人じゃない」

「あなた好きになったか」

「ちがうよ。お前は仲よくしろといったけど、何もしちゃいない」

「じゃ、どうする？」

「どうするって――」

甲賀は言葉に詰まった。

当初は、英淑に青珠を引きとってもらえばそれで片づくと思っていた。だが別人となると、どうなのか。

「そうだ。英淑は、青珠の住所を知ってるか」

「わたしの知ってる青珠は江東区にいたよ。東砂《ひがしすな》のマンション」

「仕事は何をしていたんだ」

「たぶん、ホステス」

そこにいけば〝本物〟の青珠がいるかもしれない。

「よし、いこう」

「わたしも⁉」

「あたり前だ。英淑が世話したから俺たちは夫婦になったんだ。俺は最初から、青珠が誰なのか知らなかった。英淑を信用したんだ。責任は英淑にある」

「でも、わたしだって知らなかった。わたしも如さんにだまされた」

「それは如にいえよ」

「ゴローちゃん、わたし恐いよ。住所は教えるから」

英淑は本当に恐がっているように見えた。青珠が恐いのか、それともまだ甲賀に告げていない事情があるのか。

「わかった。だけどこのままにはしておけない、ちがうか。本当の青珠がどっちなのかも含め、調べなけりゃならない。さもないと、英淑も俺も誰かに命を狙《ねら》われるかもしれん」

最後のは威しだ。だが英淑は深刻な顔で頷いている。

「俺が調査する。嫌だが、こんな風になっちまった以上、何もしないわけにはいかない」

「本当に？」

小さな声で英淑はいった。

「ああ。ただし協力はしてくれ。わかったことは全部教える」

「何をすればいいの。青珠の住所教える他に」

「『紅龍飯店』の社長をつかまえたい。ただし俺のことはいわずに、だ」

「干《カン》さんね」

「干ていうんだな。その干がまちがいなくいる場所と時間を教えてくれ。『紅龍飯店』でもいいぞ」

「それはわたしもいくよ。他には」

甲賀は英淑を見つめた。

「えー、ゴローちゃん……」

「しょうがないだろう。動き回るには金がかかるし、きのうは青珠の病院代も払ったんだ。保険がないから、えらくかかった」

英淑はうらめしそうに青珠を見やり、息を吐いた。

「いくらくらい、いるの」

「とりあえず五十万。用意できるか」

英淑はこっくり頷いた。

「それくらいなら、今、もってるよ」

五十と吹っかけておいて、十でもとれればラッキーと思っていた甲賀は拍子抜けした。

英淑が財布から五十枚の一万円札をだし、コタツテーブルにおいた。

なんでそんな大金、もってるんだという質問を甲賀は呑みこんだ。払うといっているのだから、難癖《なんくせ》をつける理由もない。いろんなことに手をだしている英淑のことだ。ことによると百万や二百万の現金をいつももち歩いているのかもしれない。

「よし、これは預かっておいて、調査費用にあてる」

「何かあっても、わたしのこと秘密ね」

「もちろんだ。ただし、もし警察につかまって、あんたのことをいわなきゃどうにもならなくなったときは別だ」

「そんな。警察は困るよ」

「俺だって困る。だけど、やってもいない罪をかぶせられるよりはマシだろう。今はいいが、これから先、もっと悪いことがでてくるかもしれん」

「悪いこと？」

「人が死んでいるんだ。何だってありえる。もし死んだのが如なら、俺が隠していたって、あんたのことがバレるのは時間の問題だ」

英淑は泣きそうな顔になった。

「わたし、中国から帰ってこなければよかったね」

「いや、帰ってきて正解だ。もし帰らなかったら、知らないうちに警察に手配されていたかもしれないぞ」

帰ってこなかったら、甲賀は青珠と二人でジリ貧だった。

「そうかな」

「警察の考えることは俺にはわかる。連中は、俺やあんたみたいな人間が一番罪をかぶせやすいと思ってるんだ」

「ゴローちゃんもそうなの」

「元警官のプー、なんてカモみたいなもんだ」

「だってもとは仲間だよ」

甲賀は首をふった。

「警官にとって元警官の犯罪くらい、頭にくることはない。自分たちの面よごしだからな。俺みたいのは、パクる理由が見つかれば大喜びでワッパをはめるだろうさ」

英淑は不安そうな顔になった。これ以上威すと、甲賀とのつきあいを考え直すかもしれない。

「いや、だから、無実だっていうのを証明しなけりゃならないんだ」

いったものの、何に対しての〝無実〟なのか、甲賀にもわからなかった。

8

宗形に連絡するのは、東砂のもうひとりの青珠の住居を確認してからのこととして、甲賀は青珠とアパートをでた。

英淑とは錦糸町駅で別れ、駅前の衣料品ディスカウントストアの正面で甲賀は足を止めた。

かたわらの青珠をふりかえる。いくらにするか悩み、勇気をふり絞って二万円をさしだした。

「これで洋服買ってこいよ。下着の替えもいるだろう」

青珠は目を丸くした。

「いいですか」

「そのワンピース一枚じゃ夜とか寒いだろうし。風邪ひかれたら俺も困る」

「ありがとう」

青珠はぺこりと頭を下げ、金を受けとってディスカウントストアに入っていった。

着替えを買わせるのは親切心だけではない。青珠を連れていきたがっている奴らの目をごまかす目的もあった。着たきり雀《すずめ》のワンピース姿では、すぐに見つかってしまうからだ。

二十分で青珠は戻ってきた。長袖のTシャツの上に、襟《えり》にボアのついたジャンパー風のジャケット、ナイロンパンツという服装にかわっている。靴もパンプスからスニーカーになっていた。それ以外にも何かしら買ったのか、手に紙袋をさげていた。

「あったかいです」

駅前の喫煙スペースにいた甲賀のところへ小走りでくると笑った。その笑顔を見て、甲賀は釣りをよこせとはいえなくなった。

「これ、お釣りです」

千円札数枚と硬貨をさしだした。

「いいよ、もってろ。一文無しじゃ何かあったら困るだろう」

甲賀は答えて、タクシーを止めた。五十万をもらったせいで気が大きくなっているわけではない。英淑は、東砂のマンションの所在地をタクシーでいく道順でしか説明できなかったのだ。

「砂町の、葛西橋通りと丸八《まるはち》通りの交差点のところまで」

告げると、運転手はすぐわかったのか、発車させた。英淑の話では、その交差点から見えるガソリンスタンドの裏手の建物ということだ。

マンションはすぐに見つかった。築年数がたった六階建てだ。オートロックでないのはありがたい。

もうひとりの青珠の部屋は、二階のまん中と聞いている。各階に三部屋しかないようだ。

「もし中から女がでてきたら、中国語で李青珠かって訊いてくれ」

エレベータのボタンを押し、甲賀はいった。

「そうだって答えたら、大事な話があるっていうんだ。外で話せないから中で話そうって」

青珠は頷いた。もうひとりの青珠が日本語をどれほど理解できるかわからない以上、〝通訳〟は必要だ。実際はペラペラでも、事態が不利と見るや、理解できないフリをして逃げようとするかもしれない。

二人の李青珠が存在する謎が解ければ、いったい何があったのかがわかるだろうと甲賀は思っていた。

二人のうちのどちらかは、偽者だ。このマンションにいる李青珠が本物にせよ偽者にせよ、事情を知っているにちがいない。

エレベータを降り、甲賀は時計を見た。午後六時を回ったところだ。ホステスなら、出勤の仕度《したく》で部屋にいる確率が高い時間帯だ。

まん中のドアに表札はなかった。かたわらにあるインターホンのボタンを押した。

「はい」

女の声が応えた。甲賀は青珠に目で合図した。青珠がインターホンに近づき、中国語を喋った。

インターホンから中国語の返事がかえってくる。やりとりがつづき、やがてガシャッとドアロックが解かれた。

風呂あがりなのか、頭にタオルを巻きつけた女が顔をのぞかせた。甲賀に気づき、表情をこわばらせた。

「怪しい者じゃない。俺は甲賀悟郎。あんたが李青珠さんなら、誰だかわかる筈だ」

女は目をぱちぱちさせながら甲賀を見つめている。

「ここのことは杜英淑から聞いた。話をしたいんだ。入れてくれるね」

「いいですけど、わたし友だちといっしょ」

女が日本語でいった。丸顔で目がくりっとしている。化粧をすれば、男好きのする顔立ちになるだろう。

首から下は厚手のバスローブ姿だ。

「友だちがいても、そっちがかまわなければ、こっちは平気だ」

「わたし着替えます。待って下さい」

女はいってドアを一度閉じた。

「あの人、自分のこと李青珠といいました」

小声で青珠がいった。

「青珠は自分を何といったんだ？」

「杜さんのところからきました」

ドアが開いた。男が立っていた。革ジャンを着て、背は低いが、がっちりした体つきをしている。

甲賀に笑いかけた。

「私、今、でかけるところ。李青珠、着替え終わりました。ゆっくりしていって下さい」

二人のかたわらをすり抜けるようにでていった。

青珠をうながし、甲賀は中に入った。

バスローブからスウェットの上下になった女が立っていた。頭のタオルはそのままだ。

「どうぞ、すわって。すわって下さい」

女が愛想《あいそ》よくいって、リビングにおかれた安物のソファを示した。二人が腰をおろすと、

「何か飲みますか。コーラ？　ウーロン茶？」

と訊ねる。

「いや、おかまいなく」

答えて、甲賀は室内を見回した。ワンルームマンションで、中は雑然としている。小さなテーブルにつけっぱなしのノートパソコンがおかれていた。

女がそれを閉じ、向かいの小さな椅子に腰かけた。

「初めまして。わたし、李青珠です。甲賀さん、わたしの旦那さん。一度、会いたいと思ってました」

「そうなの？」

「はい。わたし日本にいるの、甲賀さんのおかげ、お礼いいたいです」

「別にそんなことはいいんだ。お互いビジネスなのだから。李さん、仕事は何してるんだい」

「わたしですか。五反田のお店で働いています」

「五反田。遠いねえ」

「送ってくれますから。さっきの人、運転手さんです」

いわゆる〝送り〟というやつだ。別に中国人に限らず、日本人でも、電車のなくなる深夜、ホステスを自宅まで送る商売がある。距離にもよるが、合い乗りでタクシーより安い、千円とか二千円で乗せていくのだ。やっていることは白タクといっしょだが、町で客を拾うわけではないので、法的にはとやかくいえない。昔はふつうの乗用車だったが、最近は六、七人乗れるワゴン車を使う者もいる。キャバクラはたいてい〝送り〟業者と契約している。

どうやらこの女は、〝送り〟の運転手とつきあっているらしい。五反田から東砂なら二千円から三千円はとられるだろう。ひと月で五、六万にはなる。つきあえば、その料金をタダにできるわけだ。そういう計算は早い甲賀は思った。

「そう。もうどれくらい働いてるの。五反田で」

女は青珠の顔をちらっと見て、

「二ヵ月です」

と答えた。

「つまり俺と結婚した直後からか」

「はい」

「それまでは何をしてたの？」

「別のお店にいました」

「日本にきてどれくらいになる？」

「わたし、もうすぐ四年です。日本働きやすいです。だからもっといたい。それで結婚しました」

女は微笑んで甲賀を見た。

「旦那さん、お店きたらサービスします」

「本当？　五反田の何て名前のお店」

「『夕霧』です」

甲賀は思わず笑った。ここででてきたか。

「おかしいですか」

「いや。何かクラシックだなと思ってさ」

「名前古いけど、お店新しいです。かわいい子たくさんいます」

「みんな中国の子？」

「日本人もいます。お客さん気にいったら、外でデート、オーケー」

「へえ。オーナーは中国人？」

「日本人です」

「もしかして倉田さん？」

「知ってますか、社長」

「誰かから聞いたかもしれない」

女は首を傾げた。

「ところでさ、入国管理局からあんたのところに何か連絡なかった？」

「別にないです」

「俺のほうはちょっとあってさ。ほら、あなた、俺と住んでることになってるじゃない」

「本当ですか」

「本当だよ。外国人登録証もってるだろ。見てごらん」

女は動かなかった。

「どうしたの。登録証、なくしちゃった？」

「なくしてないです」

「じゃ、ちょっと見ようよ」

「今、ないです」

「今ない？　ないってどういうこと。マズくない、それ」

「大丈夫です」

「いや、大丈夫じゃないって。何かあったら、俺のところにもくるもの」

「平気です」

「そうかなあ」

　女が立ちあがった。

「わたし、電話かけます」

「すわって。いいから」

「電話しないと」

「ねえ。あんた、本当は李青珠じゃないだろう」

　甲賀は隣の青珠をさした。

「実はここにいる彼女も李青珠っていうんだ。外国人登録証ももってる」

女は目を大きく広げた。

「見せてやれよ」

甲賀がいうと、青珠はジャケットから外国人登録証をとりだした。女にかざし、中国語で喋った。

女の顔がひきつった。

「別に心配しなくていい。あんたを責める気はないから。ただ本当のことを知りたいだけなんだ。俺と結婚しているのはどっちなのか」

女は黙っている。

「俺に結婚の世話をした杜英淑は、あんたを李青珠だと思っていた。けれど、こうして実際に籍が入っているのは、こっちの彼女だ。いったいどんな理由でこんなことになったのか、教えてもらえないかな」

「わたしわかりません」

女は首をふった。そして、

「この人に訊いて下さい」

と青珠をさした。

「俺はあんたから聞きたいんだ。もしかして誰かに頼まれたのか」

女は再び黙りこくった。甲賀は笑顔を作った。

「なあ、恐がらなくていい。俺は警察でも入管でもない。だから教えてくれないか」

「電話していいですか」

甲賀は首を傾げてみせた。

「誰に電話するんだい？」

「わたしに結婚のこと、頼んだ人です」

「それは誰かな」

女は首をふった。

「いえません。その人に訊かないと」

「『夕霧』の社長の倉田さんか」

「ちがいます、別の人」

「わかった。じゃ電話して訊いてくれ」

青珠がちらっと甲賀を見た。責めるような目をしている。

女が携帯電話を手にしたところで甲賀はいった。

「ところであんたの名前は何ていうの？」

はっとしたように女はふりかえり、一拍《いっぱく》の間をおいて、喋った。中国語の発音で聞きとれない。青珠が訊き返し、いった。

「ジョウ・ホイホァ、周恵華さんです」

「周さんか」

女は携帯電話をいじると耳にあてた。相手がでると中国語をひと言ふた言喋り、青珠に背を向けた。声も低めている。

甲賀は青珠に目を向けた。青珠はじっとやりとりに耳を傾けている。

女の電話が終わった。

「どうなった？」

「その人が説明にきます」

本名が周恵華だと名乗った女は答えた。

「ここに？」

「はい」

「いつ？」

「今すぐ」

「今すぐ？」

「近くに住んでいますから」

「何ていう人なの」

「ヤンさんです」

「ヤンさん。どんな字を書く」

「日本語のヒツジです」

羊と書いてヤンと読むようだ。

「羊さんの仕事は？」

「知りません」

周恵華の表情は硬い。

「周さん、その羊さんから頼まれたんだ」

小さく頷いた。

「李青珠のフリをして、日本人と結婚するように？」

「はい」

「なぜそんなことをする必要があったのだろう」

「わたしわかりません。羊さんに訊いて」

周恵華は青珠を見た。中国語で話しかけた。

「よけいなことは喋るなよ」

甲賀は釘をさした。青珠が記憶喪失だと知れば、適当な作り話をされるかもしれない。

青珠は頷き、中国語で返事をした。

「この人、お金をもらいました。そのお金を払ったのは羊さんです」

「羊さんも誰かに頼まれたのかな。それとも羊さんの考えで、周さんに李青珠のフリをさせたの」

「わたし、本当に知らないです」

青珠が中国語で話しかけ、周恵華が返事をした。

「羊さん払ったの十万円」

「十万円ももらったのかよ」

甲賀は憤慨《ふんがい》した。こっちは借金をチャラにしてもらったとはいえ本物の戸籍まで提供してその何倍かしかもらっていない。

「なぜ、李青珠の身代わりが必要なのか、羊さんはあんたに話した？」

「ミガワリ？」

「ええと、だから、どうしてあんたに頼んだのか」

周恵華は甲賀と青珠の顔を見比べ、中国語を喋った。青珠が困ったような表情になった。

「なんだって？」

「羊さんの話では、本当の李青珠は、顔がとても醜《みにく》いです。だから結婚する日本人の男が見たら断わります。それで周さんに頼んだ」

「醜いって、実際に結婚するわけじゃないのだから、顔は関係ないだろう」

青珠が通訳した。周恵華の答も訳す。

「結婚してやるからセックスさせろという日本の男の人、います。もし醜かったらセックスしたくない。だから結婚できません。周さん、ゴローがもしセックスしたいといったら、オーケーという約束、羊さんとしました」

つまりセックスまで含めた替え玉ということだ。

英淑が本当はやらせたくないといった理由が、甲賀も少しはわかる気がした。戸籍を売って偽装結婚するまではともかく、相手の弱みにつけこんで本物の夫婦生活まで要求するのはいくらなんでもセコい。そういう男がいたのだろう。

「その場合は、またお金をもらうのか」

青珠が訳すより先に周恵華が答えた。

「一回で三万円くれます」

「それが何回になっても？」

青珠があきれたような顔をした。

「二回まで、と羊さん、いいました。三回はしなくていいです」

その話は英淑にも伝わっていたのだろうか。伝わっていたとしても、甲賀が「会わない」と決めていたからどうでもいいことではある。

不意に玄関の扉が開いた。どかどかと男たちが部屋にあがってきた。五人いて、靴もはいたままだ。

その中に、きのう銀座で会った四人組のひとりがいた。甲賀を殺すと威した中国人だ。

「何だよ、何だよ」

五人は険悪な顔で、立ちあがった甲賀を囲んだ。甲賀の鼓動《こどう》が急に速まった。

「お前、邪魔。すわってろ」

その中国人が甲賀をつきとばした。

「おい、何するんだよ」

いったが、甲賀の声は震えていた。いきなり集団が押しかけてくるとは想定していなかった。

中国人は無視して青珠に中国語で話しかけた。どうやら自分たちといっしょにこい、といっているようだ。

もはやこれまでだ、と甲賀は思った。多勢に無勢で、しかもマンションという密室の中だ。逆らったら殴られるか、最悪、殺されるかもしれない。

青珠が甲賀を見た。

「わたしにいっしょにこいといってます」

「いや……それは、その、青珠が決めることだよな」

「わたし嫌です。この人たち、悪い人だと思います。ゴローといいます」

青珠はきっぱりといった。甲賀は身が縮んだ。

「でも、いっしょにいけば、何かわかるかもしれないぞ」

「お前、うるさい！」

中国人が甲賀をふりかえった。

「うるさいとは何だよ。俺は――」

いきなり中国人が甲賀の顔を殴りつけた。勢いで甲賀はよろめいた。それほど力がこもっていなかったが、頬《ほお》の内側が切れ、血の味が口中に広がった。

「一一〇番するぞ！」

甲賀は携帯電話をふりかざした。その腕を中国人がつかんだ。顔を近づけてくる。

「やってみろ。殺す」

本気で威している。次の瞬間、青珠が動いた。甲賀の腕をつかんだ中国人の手首を握ると、ハイッという気合を発し、腕を振った。

まるで手品のように、中国人の体が一回転した。仰向けにソファに叩きつけられる。うっという呻《うめ》き声をたて、目を丸くした中国人は青珠を見あげた。

投げとばした青珠も驚いたようだ。自分のしたことが信じられないように、瞬きしている。

別の男が怒声をあげ、青珠の肩をつかんだ。向きなおらせようとする。

それを振りはらい、青珠はぴんと張った肘を向きなおりもせず男の顎に打ちこんだ。声もなく男は部屋の隅に転がった。

青珠の背後にいた男が羽交《はが》い締《じ》めにした。中国語で仲間に加勢を頼む。青珠の両足がさっともちあがった。ぴったりとそろった両足がつかみかかった仲間の胸に命中する。勢いで、蹴られた男と羽交い締めにした男が反対の方角に倒れた。羽交い締めのほうは青珠の下敷きになった。

青珠はすばやく身を起こした。そして低い姿勢のまま、片足をまるで長い棒のように回転させた。立ちあがりかけていた最初の中国人が足もとをさらわれ、再び仰向けにひっくりかえった。

最後のひとりが大声をあげ、青珠に殴りかかった。青珠は軽々とそれをかわし、腰を落とすと開いた掌《てのひら》で男の胸を突いた。さほどスピードがあるとも思えない突きに、男は両手を万歳させてふっとんだ。家具といっしょに倒れこみ、大きな音とともに部屋全体が揺れた。

「逃げろっ」

甲賀は叫んで玄関に走った。紙袋を拾いあげた青珠があとについてくる。

靴をつっかけると、甲賀は廊下にとびだした。青珠が裸足《はだし》のままスニーカーを抱え追ってきた。

エレベータを使わず、二人は目についた階段で一階まで駆け降りた。

9

タクシーを止め、

「錦糸町」

と、甲賀は告げた。心臓はまだバクバクしている。青珠は車に乗ってからスニーカーをはいた。

「いったい、どうなってる」

「わかりません。あの人、ゴローを殴りました。大丈夫ですか」

「それは平気だ。いや、平気じゃないけど。青珠、なんであんなことができるんだ」

「わたし」

いって、青珠は沈黙した。あまりに長く黙っているので、甲賀は青珠の顔をのぞきこんだ。

「どうした？」

「今、少し思いだしました。わたし学校にいました。たくさん生徒がいて、そこで同じ動きを勉強しました。蹴ったり、突いたり、あと、刀や槍《やり》も勉強した」

「それは何だ。学校？　道場とかじゃなくて？」

青珠の動きは、明らかにある種の武術の型にのっとったものに見えた。映画で見た功夫《カンフー》を思いだす。

「わかりません。でも学校です。皆、同じユニフォーム着ています。中国の旗、飾ってありました」

武術の学校ということなのか。日本の体育大のようなもので、生徒に武術を教える学校があるのかもしれない。中国ならありそうな気がする。

「わたしそれで選ばれました。大きな大会にでて、メダルをもらった」

「だからあんなに強かったのか」

青珠は答えない。ショックを受けたような顔をしている。やがていった。

「あんなこと、わたしできると知りませんでした。ゴロー、助けたいと思ったら、体が自然に動きました」

「ありがとう。確かに青珠に助けられた。さもなきゃあいつら本気で俺を何とかしようとしたかもしれない」

タクシーの運転手の耳が気になった。錦糸町の駅前まできたところで、甲賀は車を止めさせた。

青珠の買物を待った喫煙スペースのベンチに腰をおろし、煙草に火をつけた。切れた頬の内側が腫《は》れ始めている。

青珠が缶ジュースの自動販売機に歩みよった。コーラを買うと、その缶をさしだした。

「顔につけるといいです」

「コーラを!?」

「缶です」

甲賀は言葉にしたがった。腫れがひく気がする。

あたりを見回した。多くの人がいきかうこの雑踏の中が一番安心できる。

やがてコーラのタブを開け、ひと口飲んだ。顔をしかめるほどしみた。

「あいつらはいったい何者なんだ」

「全部中国人です。わたしにいっしょにきなさいといいました。こないとひどい目にあわせてやる」

「なぜ青珠を連れていきたいのか。理由はいったか」

青珠は首をふった。

「いいません。でもきっと悪いことです」

「そりゃ、確かだ」

警察に駆けこむべきだろうか。考え、ありえない、と甲賀は思った。中国人のチンピラに殴られたといったところで、伊賀あたりにせせら笑われるだけだ。

中国人のチンピラなんてごまんといる。真面目に捜して逮捕するわけがない。それどころか、死んだ如らしき男との関係と偽装結婚のことをしつこく調べられるのがオチだ。

　警官だって人間だ。手間ばかりかかっておよそ結果に望みのない捜査をやるより、目の前に容疑者がいるとはっきりしている事案を手がけたい。しかも傷害と殺人では大きさがまるでちがう。それに偽装結婚というオマケまでつくのだ。大喜びで、甲賀と青珠を取調べるだろう。被害届をだすつもりが、あっという間に被疑者扱いだ。

「参ったな」

　自然にぼやきがでた。

「痛いですか」

　勘ちがいしたのか、青珠が心配そうにいった。

「わたし、ごめんなさい。ゴロー殴られたの、わたしのせいです」

「いや、あれは俺のミスだ。あの周って女がいきなり仲間を呼ぶとは思わなかった」

「わたし電話を聞いてました。周恵華は、羊という人と話していました。『李青珠と旦那さんがきて説明しろといってる』といいました」

「じゃあの女が五人を呼んだのじゃないんだ」

「それはわからないですが、ゴローを殴ってほしいとはいいませんでした」

　甲賀は苦笑した。横に青珠がいるのにそんな頼みをするわけがない。だがいわんとしていることはわかる。周恵華が五人組を呼んだのではなく、事態を知った羊がよこしたのだ。

厄介な状況だった。

いったい何が起こっているのか、青珠を拉致しようとしている連中にはわかっているが、自分と青珠はまるでわからない。

ひとつだけ判明したのは、青珠の偽装結婚は、周恵華という替え玉を使って進められたということだ。

「わたし悲しいです」

青珠がいったので、甲賀は我にかえった。

「何が」

「わたしそんなに醜いですか」

「はあ？」

青珠は泣きそうだった。

「わたし、日本では結婚する人いないほど醜いですか」

「何いってんだ」

甲賀はあきれた。

「だって周恵華がいいました」

「あのさ、それは嘘だ」

「嘘？」

「青珠が俺と結婚するにあたって、周恵華の顔を借りたのは、何かあったときにバレないようにするためだ。李青珠って女が実際はどんな顔なのかを、なるべく少ない人間にしか知られたくなかったからなんだ」

「それなぜです」

即座に思い浮かんだ答は、スパイ、だった。

青珠は、中国安全部かどこかの女スパイで、身分を偽って日本に入国した、というものだ。

だが考えてみれば、スパイなら中国の国家公務員だ。日本人との偽装結婚などしなくとも、いくらでも偽の身分やパスポートを手に入れられる。

スパイでなければ何だろう。

中国で指名手配された凶悪犯、という可能性もある。犯罪者には見えない、と思ったが、替え玉までたてて偽装結婚したとなると、よほどの理由があるとしか考えられない。

「俺にもわからない」

甲賀は答えて、携帯電話をとりだした。英淑には状況を話しておかなければならない。

英淑はすぐに電話にでた。

「ゴローちゃん。会った？　本物の李青珠に」

「本物はこっちだった。東砂の子は、周恵華って、五反田のデートクラブ嬢だ。羊て男を知ってるか。羊と書いてヤン」

「羊……。知らないよ」

「その羊が周恵華に、金を払って青珠の替え玉になるように頼んだんだ」

「どうして？」

「本物の青珠はすごいブスだから、結婚してくれる日本人がいない、といったらしい」

「それ嘘だよ。そんな話、聞いたことない」

「ああ、嘘だ。だが、羊はそういったんだ」

「どういうこと？　わたしわからないよ」

「俺にもわからない。ただ気をつけなけりゃならないのは、羊は東砂のマンションに荒っぽいのをよこして青珠を連れていこうとした。殴り合いになったが、何とか逃げだした。だから、英淑のところにも誰かが何かいってくるかもしれない」

「いやだ」

英淑は不安そうにいった。

「わたし、如さんにずっと電話してる。でもでてくれないね」

「如の事務所、池袋っていったな」

「そう。東武デパートの側《がわ》」

ならば西口だ。

いってみるのも手だが、もし伊賀のもっていた写真の男が如で、警察がその身許をすでにつきとめていたら、のこのこ近づくのは、つかまえて下さいと頼むのも同然だ。

足がいる。電車で移動し、歩いてうろついていては、それだけ怪しまれる機会が増えるだけだ。

「英淑、あとで池袋にこられるか」

甲賀は訊ねた。

「如さんの事務所？」

「そうだけど、直接いくのはマズい。駅でお前さんをピックアップするから、場所を教えてくれ」

「ゴローちゃん、どうするの？」

「車を借りる。車があったほうがいい」

アテはあった。

「何時頃？」

時計を見た。八時近い。

「十時頃でどうだ」

「十時ね。わかった」

電話を切ると、佐々木の携帯電話を呼びだした。錦糸病院で、警察に「勤め先」だと教えた、「KOJIRO」という会社のオーナーだ。

「はい」

ぶっきら棒に応える佐々木の声がした。カシャカシャとキィボードを叩く音も聞こえる。どうやらイヤフォンマイクをつけたまま、パソコンに向かっているようだ。

「ちょっと相談したいことがある。あと、車も借りたい。いっていいか、これから」

「いいよ。牛丼、買ってきて。特盛り、ツユダク」

佐々木はいって、電話を切った。甲賀の返事は聞かない。

息を吐き、甲賀は立ちあがった。

「いこう。あ、その前に腹ごしらえしようぜ」

通りの向かいに牛丼屋があった。

牛丼を食べ、佐々木への土産も買って、ＪＲに乗った。佐々木の事務所は、西新宿にある。大ガードをくぐった先の古い雑居ビルだ。エレベータのない五階建てで、元はマンションだったらしいが、今は怪しげな会社ばかりが入っている。

最上階の五階まで、甲賀と青珠は階段を登った。四階と五階のあいだの踊り場で甲賀は足を止めた。壁に小さな防犯カメラがとりつけられている。

携帯電話をとりだすと、佐々木にかけた。

「俺だ」

「隣にいる姐《ねえ》ちゃん、誰だ」

「これが相談の元さ」

「何だ、それ。結婚か」

「もうしてるんだ」

「じゃ、離婚か」

「いいから開けろよ」

階段の上で、ガチャリ、という音がした。甲賀は電話を切り、青珠をうながした。

五階には二部屋あるが、どちらも佐々木が使っている。片方は住居で、片方が事務所だ。ガチャリといったのは、事務所のほうの扉だった。佐々木は電動式の強固なロックを扉につけている。万一、警察やヤバい筋に踏みこまれたとき、ロックに手こずっている間に、残してはおけないデータ類を消去する時間を稼ぐためだ。

甲賀は青珠を連れて扉をくぐった。閉めたとたんに、ガチャッとロックがかかった。

部屋は薄暗く、光を放っているのは佐々木が飼っている熱帯魚の水槽とコンピュータのモニターだけだった。

パソコンは全部で五、六台ある。佐々木はここでネットがらみの怪しい仕事をひとりでやっているのだ。

携帯電話やパソコンに振り込め詐欺《さぎ》の請求メールを送りつける連中のために、さまざまな企業や商店のホームページに侵入し、顧客のアドレスを盗んだり、ハッカー対策を売りこみたいネットセキュリティ会社の依頼でファイアウォールの穴を捜している。

青珠は珍しげに室内を見回した。さまざまな機材が雑然とおかれ、床にはケーブルがのたくっていた。

「やっほう」

まるで力のこもっていない声で佐々木が挨拶した。姿は見えない。

「上がるぞ」

甲賀はいって、靴を脱いだ。本当は脱ぎたくない。床がホコリだらけなのだ。掃除《そうじ》というのをまるでしないせいだ。よく機械が不具合をおこさないと思う。

窓は完全に潰されている。備えつけのブラインドを閉じた上に、毛布を張っているので、外の光は一切入ってこない。

機材の棚を回りこむと、横長の作業台の前にすわりこんだ佐々木が見えた。

「また太ったろう」

「どうかな」

「百キロはあるぞ、それ」

椅子のキャスターを転がして、佐々木がふりかえった。特大のキャスター付の椅子から尻がはみでている。着たきり雀のジャージの前は、食べものや飲みものの染みだらけだ。

「ほい、特盛り」

甲賀は牛丼の袋を作業台の端においた。キィボードが三つ、モニターが四台、並んでいる。モニターの一台はパソコンではなく、DVDを流すためだ。三十年前の歌謡番組を編集し、その時代のアイドルばかりが歌って踊る映像がエンドレスで映しだされている。

「おっと、嬉しいね。牛丼も久しぶりだ」

もとはかなりの二枚目だった筈の顔が、大量の肉で達磨《だるま》のようになっている。知り合ってから五年はたっていた。警察を辞める理由になった、闇金屋の駿河のために顧客管理ソフトを作ってやっていたのが佐々木だ。その頃はまだ体重も今より二十キロ以上は少なかった。

佐々木は一日の大半をこの横長の作業台の前で過す。その上にカップラーメンやスナック菓子が大好物ときているのだ。

たまに気が向くと、車で首都高を飛ばす。これほど太る前は、週末の深夜、首都高を駆け巡る「ルーレット族」だったらしい。

パソコンと車おたくで、生身の女にはあまり興味をもっていない。好きなのは、昔のアイドルで、古い映像を集めては、彼女らの現在と比較し、「顎を削った」だの

「胸をまたふくらませた」だのと品評して、悦《えつ》に入っている。

作業台の端まで椅子を転がした佐々木は牛丼を広げた。

あたりを見ている青珠をそのままに、かたわらにおかれたソファベッドに甲賀は腰をおろした。

「で？」

背中を向け、箸《はし》を動かしながら、佐々木が訊ねた。煙草を吸いたいが、佐々木の部屋は禁煙なので我慢し、甲賀はこれまでのいきさつを話した。

話がようやく東砂のマンションでの立ち回りに及び、青珠が武術の学校に通った記憶がある、というところまでくると、佐々木は椅子を転がした。

手近のキィボードを叩き、マウスをクリックする。

「これかい、お姐ちゃん」

背中を向けたまま訊ねた。

青珠はきょとんとしていたが、甲賀にうながされ、佐々木に歩みよった。甲賀も立ちあがった。モニターのひとつに、

「吉林市武術学校」

「公主嶺市少林武術学校」

「吉林体育学院武術系」

「長春市宏大少林武術学校」

と並んでいる。

「吉林省の主だった武術学校だ。どれか見覚えない？　ホームページだしてみる」

青珠はじっと見つめた。そして指さした。

「これです」

「よし」

佐々木がマウスを動かした。

「振兴中华武术」

という文字が画面に躍った。「振興中華武術」の簡体字らしい。

写真と簡体字による説明が並んでいる。七歳から入学できて、十七歳まで授業があるようだ。小、中、高、と武術の勉強をさせるのだろうか。もしそうなら強くなるわけだ。

「名前、何ていうんだっけ」

佐々木が訊ね、青珠が字を教えた。検索する。該当はなかった。

「ヒットしねえな。ネットに成績をアップしていない大会か、別の名前だったか」

牛丼の前に戻り、箸を動かしながら、佐々木はいった。

「李青珠では何もなしか」

「ないね」

甲賀は落胆した。佐々木に調べてもらえば何かわかるかもしれない、と期待していたのだ。

「そうだ、『ムナカタフィナンシャルプランニング』て会社を検索してくれ」

「『ムナカタフィナンシャルプランニング』？」

佐々木がキイボードを叩いた。

「あるぜ」

「ムナカタフィナンシャルプランニング」のホームページが表示された。宗形の言葉通り、中国企業を対象にした投資の顧問会社のようだ。代表は「宗形啓一」とある。

「ぺらぺらだな」

丼から残った飯粒をかきこみ、佐々木がいった。

「ぺらぺら？」

「このホームページだ。いかにも通りいっぺんて感じだ。会社概要も何もかも。ど素人が作ったか、間に合わせでこしらえたか、どちらかだ」

「つまりインチキ臭いってことか」

「そうだ」

コーラのペットボトルを口にあて、佐々木は答えた。

「調べられるか」

「時間をくれ。今、急ぎが一件入ってて、今夜の十二時までに仕上げなきゃならん」

「わかった。じゃ車を借りるぞ」

「そこにキィがある」

佐々木が棚を指さした。キィはふたつあった。

「どっちがどっちだ？」

「黒いほうがアリストで、金色のほうがＮＳＸ」

「アリストを借りる。駐車場はかわってないな」

「かわってない。ガソリンは入れておけよ」

「了解」

甲賀はいって、青珠に頷いた。

10

十年は前の車種だが、アリストは快調なエンジン音を響かせた。車内にロールバーが入り、シートベルトは四点式だ。そのせいで車内は狭い。交通課に目をつけられそうな車だが、贅沢はいえない。

池袋まで走らせた。青珠は口数が少なくなっている。

池袋駅の西口に着いたのは、十時少し前だった。甲賀は宗形から教えられた番号にかけた。何回かの呼びだしのあと、

「『ムナカタフィナンシャルプランニング』でございます」

と女の声が応えた。

「甲賀といいます。宗形さんをお願いします」

「申しわけございません。宗形はただ今外出中です。ご連絡先をお教えいただければ、のちほど宗形よりお電話をさせます」

たいして申しわけなく思ってはいなそうな声で電話にでた女はいった。

「あ、いや。それでしたら明日、またこちらから電話をします」

甲賀は告げて、切った。

十時になると、英淑が電話をよこした。車を止めている場所を教え、合流した。

青珠をうしろに移動させた。そのほうが、万一、如の事務所を見張っている中国人がいても見つからずにもすむ。

英淑に道順を指示させ、甲賀は車を走らせた。

如の事務所は、目白方向にJRの線路沿いをいった細い道にあった。古いマンションや雑居ビルが並ぶ一画だ。

「そこそこ、あっ、通り過ぎちゃうよ」

「いいんだ」

減速せずに道を走り抜けた。張りこんでいる人間や車がないかをまず確かめたい。

細い路地を折れ、何回か走ってみたが、それらしい人や車はなかった。

コインパーキングに車を止め、今度は徒歩で如の事務所が入ったビルの前まで戻った。

「何階だ」

「三階」

エレベータで昇った。英淑の話では、知り合ってからはずっと如はここに事務所を構えているという。従業員はおらず、ひとりでやっていたらしい。

「豊島旅業」というプレートがスティールドアには貼られている。

ビルの中は事務所ばかりらしく静かだった。

甲賀は靴下を脱いだ。両手に靴下をかぶせて、ドアノブを握る。ひねると、ドアが開いた。

英淑が息を呑んだ。廊下の照明だけでも、内部が荒されているのがわかった。甲賀の想像通りだ。

写真の男が如なら、殺した連中は、この事務所の鍵も奪っている。中を荒したにちがいない、と思っていたのだ。

「中に入れ。ただし何もさわるな」

二人を入れ、扉を閉じ、明りのスイッチを捜した。

蛍光灯が点ると、足の踏み場もないほど散らかった事務所が目に入る。何かを捜したのだろうが、見つからない腹立ちをぶつけたように、書類や文具類が床に散らばっている。

「英淑、何かなくなってるものはないか」

「ひどい……。何これ。ひどいよ。泥棒が入ったみたい」

「まあ、泥棒みたいなもんだ。この状況を見る限り、金目のものをあさっただけじゃなさそうだ」

金目のものを捜すなら、部屋の中央におかれた事務机を中心にかき回す筈だ。だが床のカーペットやソファのクッションまで調べた跡がある。

英淑は呆然《ぼうぜん》とつっ立ったまま、室内を見回した。

「なくなってるっていわれても、これじゃわからないよ。あっ、パソコンがないね」

それはすぐにわかった。机の上が妙にさっぱりしているからだ。

「他にはどうだ」

英淑は机に歩み寄った。ひきだしの中身はすべて床にぶちまけられていた。書類が思ったほど多くないのは、パソコンで情報管理をしていたからだろう。

青珠が小さな叫び声をたてた。床にかがむ。

「どうした」

「これ、知っています」

拾いあげたのは、赤い玉に薄い金属製の飾りをかぶせた小さなおきものだった。玉の上で蛇がとぐろを巻いている。

「それ、生まれた年の飾りよ」

英淑がいった。

「生まれた年？」

「そう。日本でよく何ドシというでしょう」

「干支《えと》のことか」

「そう。でも変ね。如さん、ヘビじゃないよ。確かイヌね」

「じゃ、俺と同じだ。ひと回り上として五十二だったのか」

甲賀はいった。そして青珠を見た。

「そのおきもの、青珠のか」

青珠は答えない。じっと掌においたおきものを見つめている。

甲賀は計算した。年齢と干支の関係は、地域課の警官だった時代、叩きこまれた。

外国人登録証明書に記載された青珠の生年月日は、一九七九年一月一日だ。それを干支にあてはめると、未年、つまりヒツジ年だ。巳年《みどし》とは二年の開きがある。

「これ、もっていっていいですか」

青珠が甲賀をふりかえった。

「ああ、好きにしろ」

青珠はそれをジャケットのポケットに入れた。

情報のほとんどを入力していたらしいパソコンが奪われているとなると、ここにいても得るものはない、と甲賀は判断した。

「そろそろ退散しよう。長居は禁物だ」

二人を廊下にだし、明りを切って扉を閉めた。エレベータに乗ると、ボタンも靴下でこすって指紋を消す。

靴下をポケットにしまい、はいたのは止めておいた車に戻ってからだった。

とりあえず警視庁管内を離れよう。甲賀は決心し、川越街道を北に向かって走った。板橋から練馬に抜け、埼玉県の和光市に入り、街道沿いにたつファミリーレストランの駐車場にアリストを入れた。

ファミリーレストランは意外に混んでいた。隅のテーブルに三人は案内された。

「如のことを教えてくれ。青珠の件を、如はどういってもってきたんだ?」

ドリンクバーでいれた薄いコーヒーを前に、甲賀は訊ねた。

英淑は落ちつかないようすで煙草に火をつけた。英淑も青珠も飲み物はコーラだ。

「去年の話だよ。如さんが電話してきて、日本人の旦那さん紹介してほしいって」

「それが何度目っていったっけ」

「四度目。もっと前から頼まれてたけれど、嫌だって、ずっと断わってた。バレたらつかまるし、日本にいられない」

「如と知り合ってから長いのか」

「よく覚えてない。六年か七年」

「初めて結婚の世話をしたのは？」

「三年前」

「じゃ三年で四人か。けっこう多いじゃないか。どういう手順なんだ？」

「ゴローちゃんのときと他のとき、ちょっとちがうね」

「ちがう？」

英淑はあたりを見回し、声を潜めた。

「ゴローちゃん、奥さんに会わないで結婚した。それ、ふつうはないね」

「ふつうはどうする？」

「最初に、旦那さん、中国いって奥さんに会う。それで中国の役所に旦那さんの書類だすね」

「どんな書類だ？」

「パスポート、戸籍謄本、住民票、独身証明書」

「そういえば、俺もパスポート以外のそういう書類は用意したな」

甲賀がいうと英淑は頷いた。

「でもゴローちゃん、中国いかなかったでしょう。それしなくて大丈夫と如さんがいった」

「なぜ大丈夫なんだ？」

「わからない。中国の役所、旦那さんいかなくともオッケーになってた」

「それってよくあることか」

英淑は首をふった。

「ない。必ず二人で役所にいって、どこで会って好きになったとか訊かれたら答えなけりゃ駄目。ホテルに二人で泊まった証明も必要ね」

「なんだそれ。つまりやってますって証明か？」

「そう。それ終わると、中国の結婚証明もらえるから、今度は日本でその書類を法務局にだして、奥さんのビザを申請するね。申請してからでるまで、けっこう時間かかるよ」

「結婚証明書を法務局にだすのは旦那の仕事か」

「そう」

「俺は一切、しなかったぞ」

「だから特別なのよ。書類だけ揃《そろ》えればあとは大丈夫だからと如さんがいったんで、わたしもゴローちゃんに頼んだ。ビザがおりたら、今度は二人で役所に結婚届だすけど、それもしなくていい」

「なんで俺のときだけ、そんなに簡単だったんだ？」

英淑は考えこんだ。

聞いていると、偽装結婚は、かなり面倒な手間がかかるもののようだ。まず旦那自身が中国にいき、向こうの役所の審査をうけなくてはならない。その上で得た書類を今度は日本の役所に提出する。日中両国の審査を経なければ、晴れて夫婦ということにはならない。

にもかかわらず、甲賀は一切、そういう申請やら審査をせずに青珠と夫婦になっている。もしその手続きをしていたら、病院で初対面ということにはならなかったかもしれない。

いや、ちがう。たぶん英淑と同じように、周恵華を、青珠だと紹介され、いっしょにホテルに泊まっていたろう。周恵華のいった、セックスオーケーの約束とは、中国での宿泊を意味していたのではないか。

つまり、本物の青珠もまた、中国での審査をうけずに甲賀と結婚したのだ。青珠の手間を省くためか、他の理由があったのか、替え玉が用意された。

「たぶん、役所にたくさんお金払ったよ」

英淑が口を開いた。

「旦那さん、中国にこなくて結婚証明とるの難しい。だから、ゴローちゃんじゃない誰かがゴローちゃんのふりしたね。でもそれがバレたら大変だから、役所にいっぱいお金払った」

賄賂《わいろ》を渡したという意味だ。

「なあ英淑、日本にただ出稼ぎにくるためにそこまでするか」

英淑は首をふった。

「しないよ。意味ない」

「つまり、青珠が日本にきた目的は、出稼ぎじゃないってことだ」

そういって甲賀は青珠を見た。青珠は無言だった。

日本で売春や水商売で稼ぐために、替え玉まで立てての偽装結婚はありえない。もっと別の理由で、青珠は偽装結婚したと考えるべきだ。

少なくとも、金に困っていたら、替え玉など立てられない。

「それで思ったんだけどな、たぶん、青珠の本名は李青珠じゃない」

青珠が目をみひらいた。

「いくら記憶を失くしていたって、呼ばれ慣れた名前をいわれたら、ふつう何かしら思いだすもんだ。でも青珠にはそれがない。ちがうか？」

青珠は頷き、

「はい」

と小さな声で答えた。

「それだけじゃない。周恵華という替え玉が用意されていたこと、インターネットの武術大会の記録にも李青珠の名前が残ってなかったこと。これらを考えると、お前は、もとはまったく別の人間なんだと思う」

「じゃあ、本物の李青珠はどこにいるの」

英淑がいった。

「おそらくまだ中国にいるさ。俺と同じで、結婚のために戸籍を売ったんだ。買った戸籍を使って、日本人と偽装結婚し、日本にやってきた」

「なぜですか」

青珠が訊ねた。甲賀は深々と息を吸いこんだ。

「こいつはいいたくないが、きっと悪い理由がある。別人になる目的なんて、ふつうひとつしかない。警察に追っかけられているんだ」

「中国の？」

英淑の言葉に甲賀は頷いた。英淑は無表情になった。青珠を見る目が冷ややかになる。

「わたし、悪い人ですか」

青珠はうつむいた。ショックを受けているように見える。

「そこまでして日本に逃げるの、相当、悪いよ。つかまったら死刑になるくらいの悪いこと。あなた覚えてないか」

英淑がいった。青珠はいたたまれないような表情になった。

「まあ、待てよ。ひとつ、腑に落ちないことがある」

「何？」

「仮りに、青珠が自分の替え玉を立て、役所に賄賂を払って、結婚に必要な書類を手に入れたとしよう。全部ひとりでできることか」

英淑は首をふった。

「それ、無理よ」

「如だったら？　如に金を渡せば可能か？」

「如さんだけでも駄目だと思う」

「周恵華を用意した羊は？」

「日本にいる中国人だけじゃできない。もっと力のある、コネをいっぱいもってる人を使わないと」

「だろう。つまり、青珠が何か悪いことをして中国を逃げだしたのだとしても、それを助けた人間がいるわけだ」

反政府活動だろうか。青珠が、中国民主化運動か何かの活動家で、政府ににらまれたため、〝亡命〟のように日本に逃げてきたとか。

だがもしそうなら、支援者が国内、国外にいる筈だ。

「なあ、如は、反政府的な活動をしていなかったか」

「反政府？」

英淑が訊き返した。

「中国政府にタテ突く、民主化運動とかそういうやつ」

「聞いたことないね。してないと思うよ」

「わたし、わからない」

ぽつんと青珠がいった。泣きそうなのをこらえているように見える。

「わたし悪い人なのか。だから皆、わたしを連れていきたいのか」

「いや、それは……」

　襲ってきた連中が、中国公安部の警官とは思えない。立場上、日本で身分を明せないということはあるだろうが、いきなり殴ったり、「殺す」と威すのはありえない。それも日本人である甲賀に対してだ。万一、表沙汰になれば国際問題だ。

　むしろ青珠の仲間で、連れ戻そうとしている、と考えるほうがしっくりくる。ただ、それにしてはやり方が乱暴だ。

「青珠が、あいつらにとって都合の悪いことを何か知っているんで、口止めのために連れていこうとしているように俺には思える」

「でもわたしが悪い人だったら、口止めする必要ないよ。悪い人は悪い人のこと、いわないね」

　青珠がいい、その通りだ、と甲賀は気づいた。仲間なら、通報を心配しない。

「でも記憶ないなら、自分が悪い人なのも知らない。警察にいくかもしれない」

　英淑が首をふった。

「そうかな。じゃ、英淑は、中国人の犯罪を警察に届けたことあるか」

「え？　ないよ」

「なぜ」

「あまり警察と関係したくない」

「そうだろう。たぶん青珠も同じだ。それに連中と銀座で会ったとき、青珠が記憶を失くしてるのを知らなかったようだ。もしかすると今でも知らない可能性がある。だったら通報を恐がる理由はない」

ただし、あいつらが殺人を犯していたら別だ。殺人の事実を知った青珠が自分も殺されるのを恐れて警察に駆けこむ、という可能性は充分にある。

ただそれは、あくまでも日本で起こった犯罪に関してだ。あいつらが如を殺した犯人なら通報を恐れる理由にはなるが、それと青珠が偽の身分を手に入れたこととは別だ。偽装結婚までして日本にきた理由は、他にある。

「そういや、『紅龍飯店』の社長とは連絡がついたか」

甲賀は英淑に訊ねた。

「干さん、横浜にいて、仕事で帰れないといったよ」

「青珠のことは何かいったか」

「複雑な話だから、会って話す」

「干というのは、どんな奴だ」

「実業家。新華僑で、あちこちでレストランやってる」

「どこで知り合った、日本か」

「上海よ。日本でレストランやるので、相談にのって下さいと頼まれた」

「て、ことは、日本にきたのは最近か」

「二年前」

「短期間だな。二年で日本のあちこちにレストラン開いたのか」

「干さんに出資してる中国人、上海にいるよ。儲かったら、お金返ってくる」

「まっとうな奴か」

英淑は黙った。小さく息を吐く。

「わからない」

「わからない？」

「干さんの集めてるお金、いいお金じゃない。中国の銀行に預けたら、公安に、このお金どうやって儲けましたと訊かれる。それが困るお金」

「ヤバい金ってことか」

「はい」

「賄賂とか、犯罪で稼いだ金だな」

「それ確かめたくて、わたし上海に帰ってた。もしそうなら、やめたい」

「どうだったんだ？」

「はっきりわからなかった。でも昔からの友だちが、ひとり、わたしに忠告した。干さん、有名な黒社会の老大《ラオダ》と友だちだから気をつけなさい」

「老大？」

「ボス」

「黒社会てのは、マフィアのことだな」

「そう。上海で有名なボス」

「そのボスが干に、犯罪のアガリを投資してるってことか」

「はっきりはわからない。誰もそういわないね」

「マネーロンダリングだな」

「何？」

「金を洗う。犯罪で稼いだ金をこっそり日本にもちこんで、レストランや不動産に投資する。でどころが怪しい金でも、日本の投資で、まっとうな金に化ける。レストランのアガリで東京のマンションとかを買えば、中国の役人は手がだせない」

　そのボスと青珠に何か関係があるのだろうか。

「まさか女ってことないよな、そのボスは」

「男だよ。王先勇《ワン・シエンヨン》。上海市民は、名前を皆知ってるね。新聞にいつも名前でてる。公安部はつかまえたいけど、証拠なくて難しい」

「頭が痛いです」

青珠がいった。甲賀はふりむいた。顔が赤いし、目も妙に熱っぽい。

「風邪ひいちまったか」

「どうする？」

英淑は困ったように甲賀に訊ねた。

「しょうがない。いこう。ただ、俺ん家《ち》に帰ったものかどうか。青珠を捜してる奴らは、もう俺の住所をつきとめてるかもしれん」

といって、英淑の家も安全とは限らない。

如のことを考えると、偽装結婚にかかわった者はすべて、青珠を捜している連中に住所を把握されている可能性があるのだ。

「とりあえず今夜は、どこかに泊まろう」

「三人で？」

英淑が訊き返した。

「そうだ。英淑だって危いかもしれない」

甲賀は答えた。

11

深夜営業のドラッグストアで風邪薬を買い、青珠に飲ませ、川口のラブホテルに甲賀は車を止めた。

女二人に男ひとりという組み合わせだったが、受付で文句をいわれることもなく部屋に入った。

青珠は体調が悪いせいか口数が少なくなっている。

「寝ろよ」

甲賀がいうと、頷いてダブルベッドにもぐりこんだ。端に横たわり、背を向ける。

甲賀は部屋の照明を暗くし、安物のソファに腰をおろした。冷蔵庫にあった缶ビールを開ける。

「飲むか」

英淑に訊いた。英淑は首をふった。

「わたしも疲れたよ」

考えてみれば、中国から帰ってきたばかりだ。

「そうだろうな」

煙草に火をつけ、甲賀は頷いた。

「寝たかったら、寝ていいぞ」

「ゴローちゃん、やさしいね」

英淑はだがベッドには入らず、いった。

「やさしい？」

「李青珠のこと何も知らないのに助けてる。ふつうの人なら怒るよ。お前、なぜ俺に迷惑かけますか」

「怒ったってしょうがないだろう。青珠に記憶がないのだから。ほうりだしたって結局は俺に返ってくる。戸籍上は妻で、他に身寄りがいないのだから」

「でも嘘ついていたら？」

「青珠が、か？」

甲賀は首をふった。

「嘘をついてまで俺といる理由がない。自分がどこの誰とわかっているなら、家に帰るだろう」

「でも追われていて、助ける人がゴローちゃんしかいないのかもしれない」

「俺がそこまで頼りになる人間かどうかなんて、わからないだろ」

英淑が金をよこさなければ、遠からず干上がっていた。

「もっと頼りになる人間が誰かいた筈だ。それより――」

甲賀は横になっている青珠を目で示し、英淑に訊ねた。

「日本にきて長いと思うか」

日本語はかなり話せる。だが東京の地理にはうといところがある。何年も東京にいたのなら、地理に関する知識はある筈だ。記憶喪失になっていてもそこまでは忘れないだろう。あるいは、東京以外の土地に長くいたのかもしれない。

「わからない。でも長春じゃないと思う」

「青珠の出身か」

英淑は頷いた。

「なぜそう思うんだ」

「言葉よ。初めて話したとき、わたしと同じで、上海の訛《なまり》があったね」

「李青珠ってのが、買った名前なら、出身地が長春じゃなくても不思議はない」

だが吉林省の武術学校を覚えていた。

「これです」と指さした。

「長いこと上海にいたら、上海の訛になるか」

「他から上海にきた人は、上海人のフリしたい。上海人はお洒落《しやれ》だから」

東京で東北弁を隠そうとするようなものかもしれない。

十八歳で武術学校をでて、上海に移り住んだとすれば十年以上はたっている。李青珠が偽の身分としても、年齢は近いところの筈だ。

「中国は勝手に引っ越しとかできないんだろ。上海に住むのは難しくないのか」

「難しいよ。だから上海の近くの街に住んで、上海で働く人、多い」

そのひとりだったのかもしれない。

携帯が鳴った。佐々木からのメールだ。

『ムナカタフィナンシャルプランニングだが、やっぱりインチキ臭い。ホームページから入れるところが何もない。看板だけって感じだ。代表の宗形啓一について調べるか』

『頼む。車はもうしばらく借りる』

『了解。ぶつけるなよ』

「誰？　彼女？」

見ていた英淑が訊ねた。

「そんなのはいない。英淑も知ってるだろう」

「ゴローちゃん、好きになったか」

どこか不満そうに青珠を示した。

「何いってる。誰のせいでいっしょにいる羽目になったか忘れたのか」

「わたし悪くないよ。如さんのせい」

「その如を知ってたのは英淑だろう」

「よその国で中国人どうし、助け合う。しかたないね」

「そのわりに青珠に冷たいじゃないか」

「トラブルは困るよ」

甲賀があきれた顔をすると、英淑は小声を強めた。

「ゴローちゃん、やさしすぎるよ。李青珠に利用されてるだけかもしれない」

「それは干に訊けばわかることだ」

「干さんに？」

「干は会って話す、といったのだろう。つまり青珠の偽装結婚について何か知ってるということだ。干と如のあいだにつきあいはあったか」

英淑はバツの悪そうな顔になった。

「干さんわたしに紹介したの、如さん。干さんが日本にくるとき、住むところとかの手配を如さんがしたね」

少し見えてきた。上海黒社会のマネーロンダリングを請け負っている干と如は知り合いで、その如が青珠の偽装結婚の相手捜しを英淑に依頼した。

外国人登録証明書によれば、青珠は吉林省長春市の出身となっているが、ある時期から上海かその周辺に移り住んでいた公算が大きい。

「青珠の偽装結婚には干が関係している。おそらく上海の黒社会ともな」

「やっぱり。青珠は黒社会から逃げたくてゴローちゃんのところにきたんだよ。このままだとゴローちゃんも危いね」

甲賀は黙った。干は青珠を「知っている」と電話で「紅龍飯店」の従業員にいいながら、結局店にはこなかった。かわりに路上で待ちうけていたのが、あの連中だ。干がよこしたと考えることもできる。

問題は、日本人もそこにかかわっていることだ。やくざ者には見えなかったが、まっとうな人間ではない。電話をしてきた宗形啓一も、佐々木の調べでは、名前だけの会社を経営している。

「危いことはわかってる。だがどうしろというんだ。青珠をあいつらに渡すのか。それでもし何かあったら寝覚めが悪いだろう」

正直、今ここにあいつらが乗りこんできたら、青珠を渡す他ない。青珠を守るために殴られたり、ましてや殺されるのはご免だった。

といって警察に泣きつけば、伊賀にさんざんいびられるだろう。偽装結婚くらいで実刑はくらわないだろうが、取調べも含め、嫌な思いをするのは目に見えている。それに警察が、自分や青珠を確実に守ってくれるという保証はどこにもない。

警察に駆けこむのは最後の手段で、もうこれ以上手の打ちようがないときにしようと甲賀は思った。

「英淑、干に会ってくれ。会って、いったいどういう事情で青珠が日本にきたのかを訊くんだ」

「もし悪いことをして日本に逃げてきたんだったら、どうする?」

「そのときはかばいようがないだろう」

英淑は黙った。甲賀はふと気になった。

「如は、俺についてどれくらい知ってるんだ」

「どれくらいって？」

「会わずに青珠と結婚させるんだ。どんな奴だ、とふつう英淑に訊くだろう」

「訊かれたよ」

「何て話した」

「大丈夫、信用できる人。お金ないけど、悪いことしない。何かあっても警察にいかない」

嫌な予感がした。

「なぜ警察にいかないか、如は訊かなかったか」

英淑はうつむいた。

「わたし話した。ゴローちゃん、元警官。警察クビになった。だから警察が嫌い」

思わずため息がでた。

「それで？　如は何ていった？」

「本当に警察、嫌いですか。本当の本当ですといったね。そうでしょう」

まちがってはいない。

「ああ。嫌いだ」

だから困っている。

甲賀は動かない青珠の背中を見た。眠っているのだろうか。起きていたら、このやりとりをどんな気持で聞いているだろう。

「もしかしたら青珠は、上海の黒社会から逃げだしたくて日本にきたのかもしれん」

黒社会の人間とつきあいがあり、ヤバいことを知りすぎてしまった。それで消されるのを恐れて、逃げてきたのではないか。

もしそうならば最悪だ。記憶がないのに命を狙われている。青珠の口を封じたい奴らに、記憶喪失だといういいわけは通らない。たとえ信じたとしても、いつ記憶が戻るかわからないのだ。とにかく消さなければ、安心できない。にもかかわらず、青珠本人は、どんな理由で誰に自分が狙われているのかが思いだせないときている。

「蛇」というのは、黒社会の隠語か何かかもしれない。

記憶を失ったのは、青珠の命を奪おうとする人間に襲われたのが原因なのではないか。そのときいっしょにいたのが如で、巻き添えをくらって殺されたのかもしれない。

「駄目だ」

甲賀はつぶやいた。

「何が駄目」

「警察はアテにできないってことだよ。青珠が黒社会につけ狙われているとしても、本人は何も覚えてないんだ。調べようがない」

「わたしはちがうと思う」

英淑がいった。

「何がちがうんだ」

「李青珠は、黒社会の仲間だよ。なぜかというと、ふつうの人なら役所にそんなコネがないね。偽の身分買って、偽の結婚するの、お金だけじゃできない。偉い役人にコネがある黒社会の大物のすること」

「青珠が黒社会の大物だというのか」

確かに武術の腕は立つ。

「まさか女殺し屋だというんじゃないだろうな」

「わからないよ」

甲賀は唸った。東砂のマンションで襲いかかってきた中国人のチンピラをさばいた腕は、確かに只者ではなかった。しかしいくら中国でも、人を殺すのに今どき武術という手段はないだろう。銃や刃物を使うほうがよほど手っとり早いし、アシもつかない。素手で殺していたら、すぐに警察に手口で特定される。

もちろん、青珠が銃や刃物も扱えるとなれば、話は別だ。

さんざん黒社会の依頼で標的を始末してきた女殺し屋が、過去を消すために偽の身分を手に入れ、日本人と結婚して中国を脱出した。しかしそれを許さない黒社会が追っ手を放った。「蛇」は女殺し屋の異名だったのではないか。

「映画だな」

甲賀は首をふった。いくらなんでも空想をふくらませ過ぎだ。青珠が、名うての女殺し屋だとわかっているなら、襲ってくる連中だってそれなりに準備をする筈だ。いくら数で上回るといっても、素手で何とかしようとは考えないだろう。

「わたし恐いよ。干さんに会ったら、何かされるかもしれない」

「英淑は大丈夫だ。本当のことをいえばいい」

「本当のこと？」

「お前だって、だまされた側なんだ。周恵華を青珠だと紹介されて、こっちで結婚を斡旋した。逆に干をとっちめてやれ。如に結婚の話をもちこんだのは、きっと干だ。だから文句をいう権利がある」

「でも黒社会がバックにいるね。文句いったら殺されるかもしれない。干さん、わたしをどうにかしたくて、電話じゃ話せないっていったのかも」

怯えた表情だった。

「しっかりしろよ。英淑らしくもない」

「ゴローちゃんひどいよ。李青珠の味方するくせにわたしに冷たいね」

「え？」

甲賀はあっけにとられた。暗いのではっきりは見てとれないが、英淑は涙ぐんでいるようだ。

「何いってんだ」

「だってそうだよ。李青珠は守ってやる。わたしは于さんに会いにいけ。わたしに何かあったら、どうする」

「ち、ちょっと、何いいだすんだ」

「わたしずっとゴローちゃんの友だちだったよ。助けたことといっぱいある。なのにわたしがどうなってもいいのか。于さんに殺されても平気なのか」

「そんなこといってないだろう」

「いってるよ！」

英淑は立ちあがった。

「もう知らないよ。ゴローちゃんも李青珠も。わたし何も関係ないね」

「おい――」

止める間もなく、英淑は部屋の扉にとりつくと、外にでていった。ドアが閉まり、廊下をカツカツと歩く靴音が響いた。

追いかけようと腰を浮かせ、甲賀は思いとどまった。ホテル内で妙なもめかたをして一一〇番でもされたら厄介だ。

なんでこうなるんだ。

煙草に火をつけ、荒々しく吸った。新しいビールを冷蔵庫からだし、あおる。

ふと気づくと、青珠が体を起こし、こちらを見ていた。

「何だよ。青珠も出ていきたくなったか」

言葉がとげとげしくなる。

青珠は無言だった。

「体はどうした、体は。熱は下がったか」

しかたなく甲賀はいった。

「大丈夫です」

低い声で青珠は答えた。

「まったく。なんでこうなっちまうのかな」

息を吐いた。

「ゴロー、知ってるでしょう」

青珠がいった。

「何を」

「杜さん、ゴローのこと好きです」

「はぁ？」

「好きだから怒りました。杜さん、わたしに怒っている」

「青珠に？」

気がついた。ヤキモチだといっているのだ。

「そんなわけないだろう」

青珠は首をふった。

「わたし、杜さんに申しわけないです。でもゴローしか、わたしを心配してくれる人いません」

「もういい、もういいよ」

甲賀は止めた。

「そういう面倒な話は勘弁してくれ」

「ゴロー、女は嫌いですか」

「ちがう。そうじゃない。むしろ好きだ。でも俺は、女でしくじったことがあるんだ」

「しくじった？」

「失敗したって意味だ。前の仕事をクビになったんだ」

青珠は首をかしげた。甲賀は天井を仰いだ。

「前にもいったかもしれないが、俺は昔、警官だった。好きな女ができて、それが金のかかる女だった。ずるずるつきあってるうちに、その女の元彼氏っていうかパパがでてきて、警察の情報とひきかえに金をだすっていってきた。そいつは悪い商売をやっていて、自分が警察に目をつけられてるんじゃないかって心配してたんだ」

「悪い商売って何ですか」

「金貸しだが、それ以外に裏カジノもやってた。トランプとかルーレットで金を賭けるんだ。そこにもし警察が踏みこもうとしてるなら教えてくれ、と頼まれた。そいつは俺と彼女のことも写真に撮っていて、何かあったらバラまいてやると威しやがった」

「お金、もらったんですか」

「ああ、もらったよ。何回かもらってるうちに嫌けがさして、自分から上司に話したんだ。それでクビになった」

駿河の裏カジノに警察はまだ目をつけていなかった。目をつけたあとにガサ入れの情報を流していたら、甲賀は逮捕されたろう。

「その人はどうなりました？」

「どうも。そいつをつかまえたら、俺もつかまえなきゃならん。つかまえたら、不祥事が公《おおやけ》になる。だから警察は知らんフリをした。俺のためっていうより、警察の体面を守るため、さ」

青珠は無言だった。あきれているのかもしれない。

「もともと結婚していた女房も買物好きで、離婚したあとも借金とか残ってた。どうも俺は、女運が悪いんだ。女がからむとロクなことがない。何ていうか、女を見る目がないんだろう。悪い女にひっかかる。もしかすると、悪くない女でも、つきあうと悪い女にしちまうのかもしれない」

いったい何をいっているんだ、途中で思ったが止まらなかった。

「甘やかしてるのか、本当に大事にしてないからそうなるのか。とにかく、好きになった女とただうまくやっていけずに、何かしら別のトラブルになっちまう。だから何ていうのかな。身近な女とは、そういう関係になっちゃいかん、と」

「杜さんと？」

「ていうか、英淑がそんな風に俺を思ってるなんて考えたこともなかった」

「なぜです？」

「だって英淑は中国人だし……」

「でも中国人とゴロー、結婚した」

「いや、それはビジネスで、だ。別に中国人を差別する気はない。英淑はきっと中国人を好きなんだと思ってたから、俺をそういう対象にするなんて考えもしてなかった」

青珠は黙っていた。

「でもな、考えてみるとそうなんだって気がつくよ。困ってたときに金を貸してくれたし、お前との結婚の話も、本当は嫌だっていってた」

「ゴロー、杜さんと結婚しますか」

「おいおい、何でそうなる」

「杜さん、喜びます」

甲賀は首を何度もふった。なぜこんなことを今、話さなければならないのか。

「あのさ、英淑のことは、俺も人間としては好きだよ。いい友だちとは思ってる。でも、恋愛とか結婚の対象じゃない。第一、俺は青珠と結婚してるんだぜ」

「そうでした」

苦笑いがこみあげた。まったくもって泥沼とはまさにこの状況だ。

青珠はうなだれていた。

「とにかく結婚とかそういうのは、なしにしてくれ。結婚のおかげで、俺は今、こういうことになってるのだから」

12

翌朝九時に、ホテルをでた。昨夜入ったファミリーレストランで腹ごしらえをし、これからどうするかを考える。

試みに英淑の携帯にかけてみたが、呼びだすことなく留守番電話に切りかわった。どうやって帰ったのだろう。フロントでタクシーを手配させたのか。あるいは知り合いの中国人に頼んで、近くまで迎えにきてもらったか。

今さら心配しても始まらないことだが、あの後英淑がどうしたのか、甲賀は気になった。

　青珠は元気を回復していた。パンケーキとベーコンエッグを平らげている。

　あまり食欲のわかない甲賀はうどんとコーヒーだ。

　煙草を一服していると携帯が鳴った。英淑かと思ったが、非通知だ。

「はい」

「宗形です」

　重々しい声がいった。

「どうも」

「昨夜、杜のほうに電話をいただいたそうで。打ち合わせがあって早めにでたので失礼しました」

「いいえ」

「で、李青珠さんに私の話を伝えていただけましたか」

　一瞬間をおき、甲賀はけんめいに頭を働かせた。

「いや、それが私も急な仕事が入って、きのう杜さんとお会いしてないんです。今日の昼から会うことになっています」

「その場に李さんも見えるんですか」

「ええ、おそらく」

「私もうかがってよろしいでしょうか」

「それは杜さんの了解を得ませんと」

「そうですな。当然だ。失礼しました」

「会社は京橋でしたね」

「ええ」

「じゃ杜さんと会ったあと、近くにいきます。それでご連絡するというのはどうでしょう」

「けっこうです。だいたい何時頃ですかな」

「一時でどうでしょう」

「承知しました。お待ちしています」

宗形はいって電話を切った。

電話をテーブルにおき、甲賀は考えこんだ。宗形の正体が、本人がいっている通りかどうかはともかくとして、青珠と本当に面識があるのだろうか。

青珠を連れていこうとしている中国人とちがって、宗形は青珠が記憶喪失であると知っている。したがってまったく無関係なのに、「雇い人」だといいはって連れていこうとしている可能性もゼロではない。

だが、万一、青珠の記憶が戻っていたら、その嘘はすぐにバレる。青珠ひとりならともかく、他の人間がいる場で嘘を強弁できるとも思えない。

そう考えると、宗形は青珠と面識があり、周囲の人間をいいくるめられる材料をもっていると判断してもいいだろう。

ただ奇妙なのは、宗形が、青珠の結婚のことを知らない点だ。知っていて知らないフリをしているのかもしれないが、もし青珠が自分の社の人間だといいはるのであれば、それは不自然なことだった。

その矛盾を突けば何かわかるだろうが、ひらきなおってきたら厄介だ。そのあたりを上手にやらなければならない。

甲賀は腕を組んだ。ファミリーレストランの店内にはクリスマスツリーが飾られ、陽気なクリスマスソングが流れている。

「明日はクリスマスイブか」

甲賀はいった。カップからスープを飲んでいた青珠が目を向けてきた。

「中国でもクリスマスは騒ぐのか」

青珠は頷いた。

「子供の頃はなかったです。でも大人になってからパーティしたのを覚えています」

「思いだしたのか」

「今、思いだしました。わたしきれいなドレス着て、ホテルにいきました。いっぱいの人いて、シャンペン飲みます」

「そのときいっしょにいた人間の顔とか覚えているか」

「はい」

青珠は瞬きした。

「ひとり、お父さんと呼んでいる人がいました。でも本当のお父さんじゃない」

苦しげに眉を寄せた。

「すぐ、すぐ思いだしそうなのに、できないです。頭痛くなりそう」

「無理するな。ただ、今日これから会う日本人を覚えているかどうか教えてくれ」

「わかりました」

甲賀は息を吐いた。

「いつまでもこんなことをしてられない。お前の帰る場所を早く見つけたいよ」

青珠は頷いた。

「わたし、ゴローにお礼します」

「それができるといいな」

「わたしお金持です」

甲賀は苦笑した。

「なんでわかる」

「さっきのパーティのとき、高い腕時計や指輪、バッグもってました。カルティエ、エルメス、ヴィトン。いっぱい家にあったの思いだしました」

「それは中国でか」

「はい」

「だったら本当の金持だ。それがなんで偽装結婚なんかしたんだ」

「中国にいられなくなったから」

青珠がいったので、甲賀は顔をあげた。

「いられなくなった？」

「それ、覚えてます。お父さんがいった。中国にいられない、日本にいく」

「それはさっきのお父さんがいったのか」

青珠は小さく頷いた。その顔が歪《ゆが》んでいる。額にびっしりと汗が浮かんでいた。

「駄目、お父さんのこと考えると苦しくなる」

「よせ、もういい」

青珠の顔はまっ青だ。ここで倒れられたら面倒だ。甲賀はあわてて止めた。

「進歩だ、進歩。青珠は、中国で金持だった。『お父さん』と呼んでいる男がいて、その人が中国にいられなくなったので日本にきた。それを思いだせただけでも大進歩だ」

青珠は無言だった。

「そのお父さんが大金持なら、俺にきっとお礼をくれるだろう」

明るい声でいった。

そんな可能性は信じていなかった。青珠は高級コールガールか、せいぜいが黒社会の大物の愛人だったのだ。それが今、日本で追われる原因になっている。いっしょにいたら、トラブルはますます大きくなる。どこかで、誰かに、青珠を引き渡す以外、この泥沼を抜けだす手段はない。

だが誰に渡せばいいのだ。できるだけ、ことを穏便にすませてくれる人間が現われてくれ、と甲賀は祈りたい気分だった。

東京駅八重洲口の地下駐車場にアリストを止めた。京橋に近い。

宗形と会う場所はこちらで決める。向こうのいうなりになったら、どんな待ち伏せをされるかわからない。

東京駅の向かいにある大きな本屋のコーヒーショップを甲賀は選んだ。本屋に中国人ややくざ者のような集団は似つかわしくないからだ。無関係を装って入ってきても、すぐにそれとわかる。

一時少し前に宗形の会社にかけると、本人が電話にでた。場所を告げると、これからすぐいきます、と宗形はいった。

宗形は十分と待たせずに現われた。紺のスーツを着け、でぶではないが貫禄のある体つきをしている。髪はだいぶ薄くなっていて、オールバックで頭頂部を隠していた。ずっと観察していたが、コーヒーショップにも本屋にも、怪しい集団が入ってくる気配はなかった。

コーヒーショップは本屋の中二階にあった。階段をあがってきた宗形は、空いている店内を見回した。

入口に近い席にすわっていた甲賀は、

「宗形さんですか」

と声をかけた。

宗形は驚いたようにふりかえった。

「失礼。甲賀さんですか」

「そうです」

「いや、おひとりとは思わなかったので」

「李さんは、今こっちに向かっているところです。杜さんとの話が長びきましてね」

「そうですか」

宗形はいって腰をおろすと、手にしていた革のバッグから名刺をとりだした。

「あらためて、宗形です」

名刺には、電話でいった社名と住所が入っていて、肩書は「代表取締役社長」だった。

「すいません。名刺のもちあわせがなくて」

受けとった甲賀は頭を下げた。

「いや、けっこうです。うちの者がお世話になり、ありがとうございました」

「いいえ。念のため確認したいのですが、李さんは、宗形さんの会社にお勤めだったのですか」

「ええ。これを——」

宗形はバッグから写真をとりだした。

「今年の夏に撮ったものです。北京に出張したときの写真です」

青珠と宗形が写っていた。他にも中国人らしい男が何人かいる。レストランの個室で撮ったもののようだ。

青珠は黒っぽいスーツを着て、宗形の隣にかけていた。

「他の方は？」

「うちのスタッフと北京側の取引先の方です」

いって、宗形は甲賀の手から写真をとり返した。

「李さんはどれくらい宗形さんの会社に勤めているのですか」

「彼女がうちに入ったのは十月です。ですからまだふた月ちょっとです。取引先に紹介され、優秀な人なのできていただいた」

「それまでは中国にいたのでしょうか」

「そう、聞いております」

答えて、宗形は甲賀の顔をじっと見つめた。

金縁の眼鏡の奥の目を甲賀は見返した。とらえどころのない、どこか煙ったような目つきをしている。

こういう目をした人間を、何人か知っていた。甲賀は少し安心した。どいつも嘘つきではあったが、暴力に訴えるタイプではなかった。

宗形はあたりを見回し、落ちつかなげに腰を動かした。

「で、李さんはいつこられます?」

「もう、あと四、五分じゃないですか」

甲賀は腕時計をのぞき、答えた。

「ところで宗形さんは、李さんの住居はご存じですか」

「確か、中央区だと聞いています」

「会社で把握していないのですか」

「いや、それが入社時と、今がちがうものですから。確か入ってひと月くらいで引っ越したと聞いていまして」

「できればそこを教えていただけませんか。今、会社に問い合わせていただけるとありがたいのですが」

宗形はむっとしたような顔になった。

「失礼ですが、甲賀さんはなぜそこまでお知りになりたいのですか」

甲賀はわざと視線をそらし、本屋を見おろした。奥まったコーナーに青珠がいて、顔を隠すように本を広げている。

「李さんを私が保護したのは、偶然ではないからです。彼女が今、どういう状態なのか、宗形さんは聞いています？」

「私に連絡を下さった中国人の方によれば、記憶を失っているとか」

「そうなんです。私は、警察から連絡をうけて、李さんを迎えにいきました。なぜだかわかりますか」

宗形は瞬きした。

「いや、なぜですか」

「李さんと私は結婚しているんです」

驚くかと思いきや、宗形は、

「ああ、その件ですか」

とこともなげにいった。甲賀は拍子抜けした。

「実は、李さんがうちに入られるときに、日本でのビザが欲しくて、日本の男性と結婚している、と聞かされたことがあります。うちで就労ビザの申請をしなくていいのか、と訊いたら、そういわれたのです。そうですか、甲賀さんがご主人だったんですか」

「そうなんです。でも私は、彼女から、宗形さんの会社で働いている、という話を一度も聞かされたことがなくて」

宗形はにやりと笑った。

「そりゃ当然でしょう。甲賀さんと彼女は夫婦といっても、本物の夫婦じゃない。いわば金銭で成立している夫婦関係だ。ちがいますか」

甲賀は言葉に詰まった。夫婦の話をすれば優位に立てると思っていたのだが、これではあべこべだ。

「ま、警察が甲賀さんに連絡をするのは、当然といえば当然です。うちとしては、李さんの能力を見こんで入社していただいたわけなので、結婚うんぬんの件については、あまりこだわっていなかった。それで甲賀さんのお名前を最初にうかがったときも気づかなかったわけです。ご存じのように、中国では結婚しても妻の姓はかわりませんから」

「李さんのことを教えてくれた取引先、というのは、どなたです」

「それは、申しあげられませんな」

宗形は首をふって、バッグをひきよせた。

「うちの社員が、いろいろとご迷惑をおかけした。それについては、甲賀さんにもお詫びをしなけりゃなりません」

　とりだした封筒に、甲賀の目は釘づけになった。二、三センチの厚みはある。ピン札なら、二、三百万だ。

「これをお受けとり下さい。李さんのことは、どうぞご心配なく。病院に連れていって、きちんと治療を受けさせますので」

　手がのびかけた。宗形の言葉がどこまで真実かはわからないが、丸めこまれてもいいくらいの説得力が、封筒にはある。

「どうぞ」

　宗形は甲賀の顔をのぞきこみ、笑いかけた。

「李さんをどこに連れていくんです？」

「ですから病院です。どこの病院がいいかは、これからじっくりと調べるつもりです」

「でも彼女は保険に入っていない。金がかかりますよ」

「しかたがありませんな。これも経営者の務めです」

　宗形はにこやかにいった。嘘に決まっている。だが青珠との写真といい、宗形のいっていることは、いちおうスジが通っている。

「そう、ですね」

甲賀は頷いた。

これで一件落着だ。青珠は、〝帰るべきところ〟に帰り、自分はここまでかかった手間に対する、正当な報酬を受けとる。

あたたかい正月を迎えられそうだ。いや、クリスマスイブも、いいことが起きるかもしれない。

甲賀はもう一度、青珠のいるコーナーを見やった。

はっとした。青珠がいない。

さりげなく首を巡らせ、店内を見渡した。

いなかった。見える範囲に青珠の姿はない。

「甲賀さん」

思わず腰を浮かすと、宗形が不審そうに声をかけてきた。

「ちょっと失礼。電話が入りました」

とっさにいって、内ポケットに手をやり甲賀はテーブルを離れた。携帯を耳にあて、

「もしもし」

といいながら、コーヒーショップの階段を降りる。ふりかえると、宗形がこちらを見ていた。

本屋の一階に立った。電話を耳にあてたまま、店内を歩き回る。青珠を捜した。いない。

青珠には、あのコーナーから動くな、といってあった。コーヒーショップに登る階段がよく見通せる位置なのだ。宗形が知っている顔なのかどうか、遠目でもわかる。

宗形をすぐに青珠に会わせなかったのは、甲賀の作戦だった。できるだけ多くの情報を宗形からひきだすためには、時間差があったほうがいい、と考えたのだ。

だがそれが今、裏目にでていた。

青珠が自分から行方をくらます筈がない。コーナーにいるところを、誰かに連れ去られたのだ。

店内を三周もして、青珠がいなくなったという現実をようやく、甲賀はうけいれた。

電話をしまい、コーヒーショップに再び戻った。宗形の顔をにらみつける。

宗形は平然としていた。

「大丈夫ですか。何かお急ぎのことでも？」

「ここで私と待ち合わせたことを、誰かに話しましたか」

「え？」

向かいにすわり、甲賀は顔をつきだした。

「ここに、青珠がくるって、誰かにいったかって、訊いてるんだ」

宗形は身をひいた。

「何の話です」

「何の話でもない。あんたの話だ」

宗形は瞬きした。

「まあ、秘書にはここにいくと伝えておりますが、それが？」

甲賀は宙をにらんだ。青珠をさらったのが、宗形の指示をうけた者だとはまだ断定できない。

「まあいい」

甲賀はいって、コーヒーカップをもちあげた。宗形が指示を下したのなら、青珠をさらった連中から連絡がくる。そうなれば宗形がここにとどまる理由はなくなる。

「青珠と杜さんは、もう少し遅れる。道が混んでいるらしい」

宗形は頷いた。甲賀はテーブルを見た。封筒が消えていた。

「先ほどのものは、李さんがお見えになったときに」

宗形がいった。甲賀は無言だった。青珠が消えた今、さらわせたのが宗形であろうとなかろうと、あの金が懐に入ることはない。

「ところで甲賀さんのご自宅はどちらです？」

宗形が訊ねた。

「墨田区」

「そうですか。私は以前、江東区にいたことがあります」

「江東区の？」

「東陽町です」

甲賀の口調がかわったのを怪しむようすもなく、宗形は答えた。

奇妙だった。宗形に焦りはない。もし青珠をさらわせたのが宗形なら、一刻も早く、この場を去りたい筈だ。

考え、甲賀は口を開いた。

「実は、青珠が遅れているのには理由がある」

宗形は無言で甲賀を見た。

「記憶を失くしてからこっち、青珠はひどく恐がりになっていて、自分を知っているという人が本当にそうかどうか信じられないようなんだ。俺と杜さんは、まあ、夫とその友だちってことで信用されているんだが、それ以外の人に対して心を開かない」

宗形は深刻そうに頷いた。

「そうでしょうな。誰が誰やらわからないわけですから」

「そこで宗形さんに頼みがある」

「何でしょう」

「先ほどもいったが、青珠が今住んでいるところを教えてもらえないだろうか。青珠がこないのは、あんたに会うのを恐がっているからなんだ。もしあんたが青珠の住所を教えて、そこに彼女がいき、まちがいなく自分の住居だとわかれば、きっと信用すると思う」

「でもさっきお見せした写真で――」

甲賀は首をふった。

「なぜかはわからないが、青珠の友だちだという連中がいて、むりやり彼女を連れていこうとした。それで怯えていてね。写真くらいじゃ信用しないと思う」

「そこは甲賀さんから説得していただくわけにはいきませんか」

「問題は杜さんなんだ。杜さんというのは女性で、青珠のことを娘みたいに思ってる。だから青珠もとても慕っていて、杜さんが大丈夫だといわない限り、誰のところにもいかないだろう」

とっさに思いついた口実を並べた。

宗形は沈痛な表情になった。

「青珠は、自分の住んでいた部屋のことを何となく覚えている。住所までは思いだせないようだが。だからそこに連れていってやれば、宗形さんが雇い主だったと納得するのじゃないか」

「では、今日は、李さんを私にお預けになれない、ということですか」

甲賀は頷いた。

「明日にでもまた連絡する」

宗形は大きなため息を吐いた。バッグから携帯電話をとりだすと、ボタンを押して耳にあてた。

「あ、宗形です。ちょっと手間をかけるんだが、李さんの住所わかるかい。いや、今の住所だ」

間があった。宗形がどこまで真実をいっているかはわからないが、写真を見る限り、青珠と何らかの関係があったのはまちがいない。

ならば、青珠の住所を知っている可能性はある。

「あった？　そう、ちょっと待って」

宗形は甲賀を見た。

「メモ、ありますか」

甲賀は携帯電話をとりだし、頷いた。

「住所、いいます。中央区、勝どき五の×の×、一八〇二号」

勝どき。甲賀は携帯電話の画面に浮かんだ文字を見つめた。初めて連れ帰ったとき、手帳で調べたいろいろな地名を青珠にぶつけてみた。だが勝どきはあげていなかった。

「ありがとう。何？」

電話を切ろうとして、相手から何かをいわれ、宗形は訊き返した。

見る見る、その顔がこわばった。

「それで、教えたの？　君」

返事を聞いた宗形は舌打ちをした。

「そう。わかった。いや、いい」

電話を切る。

「どうした？」

「いや、たいしたことじゃありません。まだ新しい秘書なんで仕事がよくわかっていないんですよ」

答えたものの、急にあたりを気にしだした。

「あんたが今どこにいるかを訊いた人がいて、それを教えちゃったのか」

宗形は目をみひらいた。

「どうしてそれを」

「いや、何となく。ところで干さんという人を知ってるか。こっちで手広く中国レストランを経営している」

宗形は首をふった。考えるそぶりも見せず、答える。

「いや、知りません」

早すぎる反応だった。そして腰を浮かせた。

「じゃ、今日のところはこれで」

コーヒーの伝票を手にしている。

「ご連絡、お待ちしていますから」

あたふたとコーヒーショップをでていった。まるで誰かに見つかるのを恐れているかのような速さだ。

　ひとり残った甲賀は、冷えきったコーヒーを喉に流しこんだ。

　宗形の態度の急変ぶりを考えると、青珠を連れ去ったのは、宗形の会社に電話をしてきた人間だろう。それが干の仲間なのか、別の誰かなのかは不明だが、青珠が戻ってくることはありえない。

　戻らなければ、宗形が提示した報酬も入らない。

　骨折り損だ。

　この先、青珠がどんな目にあうかはわからないが、すぐに殺されるわけではないだろう。捜している連中にどんな理由があるにせよ、殺すのが目的とは思えない。

大金は、からんでいる。宗形が見せた報酬がその証拠だ。それも、一千万や二千万の金じゃない。億単位の金だ。

　自分がその金のおこぼれにありつける可能性はあるだろうか。

　青珠が手もとにいて、すべてを思いだしたなら、それはありうる。

　ただしその大金が、青珠のものとは限らない。仮りに、青珠のものだとしても、それを狙う中国人たちには、横あいからちょっかいをだす甲賀は許しがたい邪魔者だ。

　宗形のように金で片をつけるような方法は選ばず、さっさと殺すという道をとるのではないか。

殺されるのはご免だ。ここは何ごともなかったようにアパートに帰るに限る。青珠がいなくなった今、中国人が押しかけてくる心配はない。

遠からず、宗形にも、青珠が甲賀といっしょではないと伝わる筈だ。

甲賀は腰をあげた。

不意に青珠が消え、もやもやとした思いだけが残っている。しかし青珠の行方をつきとめ、連れ戻すことなどできる筈もない。

もちろん警察だってアテにはならない。

確実に犯罪が関係しているという証拠はどこにもないからだ。

伊賀のもっていた写真の死体が如だとしても、それと青珠との関係を裏づけられる材料はゼロだ。

もし警察が甲賀の話を真にうけるとすれば、青珠の死体が見つかったときだろう。

それはそれで、とんでもなく面倒な事態になる。戸籍上〝夫〟の甲賀が、無関係ではいられないからだ。

頼む。殺されないでくれ。

無責任とは知りながら、甲賀は願った。

13

車のエンジンを切り、甲賀は大きな息を吐いた。

中央区の勝どきといえば、少し前までは倉庫ばかりの街だった。

それがすっかり変貌していた。大きなマンションが林のようにたち並んでいる。

隅田川をへだてただけで、築地や銀座にも近く、地下鉄が通ったことが一気に開発を進めたようだ。

なんで俺はここにいるんだ。

アリストのカーナビゲーションに「中央区勝どき五の×の×」と打ちこんだからだ。

目の前には、甲賀のアパートなど、物置にしか見えないような豪華なタワーマンションがそびえている。建物の高さは、ざっと四十階以上はありそうだ。隅田川に面していて、花火大会のときは、さぞやいい眺めだろう。

錦糸町に帰るつもりが、青珠が住んでいると宗形がいったのがどんなところか、知りたくなった。

大きなエントランスには、芝生や植え込みがあって、まるで公園だった。ホテルのような車寄せもある。

本当にこんなところに青珠は住んでいたのだろうか。甲賀は急に馬鹿らしくなってきた。

宗形は秘書から聞いたと、適当な住所を口にしたのだ。たとえ賃貸だとしても、月に二十万以上はかかるだろう。そこまでの収入が青珠にあったとは思えない。

どのみち確かめようにも、オートロックに決まっているから、建物内に立ち入ることすら容易ではない。こういうマンションでは、集合郵便受にも名札をださないのがふつうだ。

舌打ちをし、煙草に火をつけた。灰を捨てようとして、佐々木の車が禁煙であるのを思いだす。

車の外にでて、煙を吐いた。

マンションの車寄せにワンボックスカーがすべりこんだ。スライドドアが開き、三人の乗客が降り立つ。

甲賀は目をみひらいた。まん中にいるのは青珠だ。

「青珠！」

叫んだ。三人がいっせいにこちらをふりむいた。あとの二人は、東砂のマンションに現われた中国人のチンピラだった。

「ゴロー！」

青珠が叫び返した。走り寄ろうとするのを止めようと、チンピラが肩をつかむ。それを外し、青珠が肘打ちを見舞った。鳩尾《みぞおち》に決まり、チンピラが尻もちをついた。残ったチンピラが革ジャンの下からつかみだしたものを見て、甲賀はアリストの運転席にとびこみ、エンジンをかけた。拳銃だった。

茶色い革ジャンが宙を舞った。青珠が拳銃を握った腕をつかみ、チンピラを投げとばしたのだ。

甲賀はアクセルを踏みこんだ。芝生が植えられたエントランスに乗りあげ、バウンドしながらアリストはマンションの車寄せに達した。ワンボックスの鼻先で止まる。

「乗れっ」

青珠が助手席に乗りこんだ。シフトをバックに入れ、再び甲賀は芝生をつっ切った。シフトをドライブに戻すときミラーを見た。二人のチンピラはようやく立ちあがったところだ。

全身から汗がふきだしていた。タイヤを鳴らしながら方向転換する。

ジグザグに車を走らせ、気づくと月島の商店街の中に甲賀は乗り入れていた。もんじゃ焼きを売りものにする飲食店が並んだ一画だ。まだほとんどの店は準備中だが、人通りは多い。

甲賀は車を止め、ほっと息を吐いた。うしろを何度もふりかえっていた青珠が、安心したように体をシートに預けた。甲賀はサイドミラーをにらんだ。商店街は直線の一方通行なので、追っ手の車が入ってくれば、すぐミラーに映る。

「ゴロー、助けにきてくれたのか」

「偶然だ。宗形からあのマンションの住所を聞いたんで、どんなところか見にいった。そうしたら、お前たちが現われた」

答え、甲賀は青珠をふりかえった。

「どうして急にいなくなったんだ」

「あいつらに威されたよ」

「青珠ならあんな奴ら、簡単にやっつけられるだろう」

青珠は目をみひらき、首をふった。

「ゴロー見なかったか。ピストルをもってた。いっしょにこなければ、ゴローを撃つ」

「俺を?」

「そう。ひとりがわたしのよこにきていった。『お前、俺の仲間わかるか。いっしょにこなければ、仲間があの日本人撃ち殺す』。ゴローのすぐそば、階段のところにいたよ。だからわたし、いっしょに本屋をでた」

「本当か」

「本当。ゴロー殺されるの見たくない。わたしいくしかなかった」

甲賀は煙草をくわえた。禁煙などかまっていられない。知らないうちに〝人質〟にされていたのだ。

「いったい、あいつら何が目的なんだ」

返事がなかった。見ると青珠はとほうに暮れたように両手で顔をおおっていた。

「わからない。わたし恐かった。ゴローが殺されたらどうしようと思った。わたし信じるのゴローしかいないよ」

泣きだした。それも静かなすすり泣きではなく、まるで迷い子の子供のような、えーんえーんという泣き方だ。

「わかった。殺されなかったから。大丈夫だから泣くな」

あわてて甲賀は青珠の肩を抱いた。それがかえって泣き声を大きくした。青珠は甲賀の胸に顔を埋《うず》め、泣きじゃくった。

しかたなく甲賀は青珠の背中をさすってやった。こんな泣かれ方をしたのはいつ以来だろう。

やがてひっく、ひっくというしゃくりにかわった。ようやく青珠は体を離した。

「落ちついたか」

ときおりサイドミラーをにらみながら、吸いさしを窓から捨て、甲賀はいった。

「はい。大丈夫」

「とりあえず暗くなるまでここにいるぞ。暗くなったら車を動かす」

青珠は頷いた。

「ところで俺が話していた男、見たか」

「はい」

「それは――」

「知ってます。わたし、何度も会いました」

「宗形というんだ」

青珠は首をふった。

「そういう名前ではなかったです。中国人です」

「中国人⁉」

「何というかは思いだしませんが、会ったのは中国で、中国語で話しました」

甲賀はわからなくなった。宗形の日本語は完璧だった。日本生まれの華僑なのか。

「青珠ととった写真をもっていた。レストランの個室のようなところで、北京だといってた」

青珠はぼんやりとした表情になり、首をふった。

「わかりません」

「まあいい。本屋をでたあと、どうなった？」

「外に車がいました。中の運転手と三人で話して、さっきのマンションにいった。運転手が道をまちがえて怒鳴られていたよ」

「何をするつもりだったんだ、あのマンションで」

「わからない。『もう逃げられない。死にたくなかったら俺たちを手伝え』といわれたね」

「青珠の家に何かを捜しにいった、ということか」

「わたしの家？」

「さっき会ってた男はそういってた」

青珠は首を傾げた。

「ちがうのか」

「あそこにいったのは覚えている。何度もいった。でもわたしの家なのかわからない」

「鍵はどうする気だったんだ。マンションに入るには鍵がいるだろう」

「鍵はある、といっていました。『老大から預かった』と」

「老大から預かった？　どういう意味だ」

青珠は首をふった。

「わからない」

甲賀は向き直った。

「青珠、つらいかもしれないが思いだしてくれ。老大って誰だ。お前とどんな関係がある？」

青珠は苦しげに瞬きした。呼吸が荒くなる。

「老大……お父さん……」

「それは今朝いっていた奴か。パーティのとき、いっしょだったっていう」

青珠は答えなかった。見る見る顔が青ざめ、額に汗が浮かびだしている。肩で息をしていた。

「お父さん、老大……。わたし、日本にいく。日本で会う。日本でいっしょに暮らす……」

みひらいた目は、そこにいる甲賀を見ていなかった。けんめいに思いだそうとしているようだ。

「駄目」

不意にいって、青珠はぐったりとなった。

「お父さんのこと考えると急に苦しくなる」

お父さんと呼んでいた男が中国にいたのはまちがいないようだ。青珠が記憶を失くしたのも、その男と関係がある。

青珠は黒社会の大物の愛人で、その手もとから何か財宝のようなものをもちだしたのかもしれない。それで怒った大物が財宝をとり戻そうと追っ手を放ったのではないだろうか。

だが「日本で会う」「日本で暮らす」とは、どういう意味なのか。

まさか財宝を盗むため、青珠はその大物を殺したとか。

甲賀は不安になった。大物の子分たちは財宝をとり戻した上で青珠に〝報《むく》い〟を受けさせようとしているのか。「蛇」というのは、その財宝のことで。

だとすれば、青珠といる限り、身の安全はない。財宝をとり戻すまで青珠は殺せないが、甲賀などいないほうがいいに決まっているからだ。

どうすればいい。宗形が中国人だと聞かされ、青珠を〝売る〟ことを甲賀はあきらめた。中国マフィアは甘くない。

たとえその場では金をもらえても、あとからとり返しにくる可能性は限りなく高い。金を奪われ、殺されるのが関の山だ。

といって青珠を連れて永久に逃げつづけるのも不可能だ。

「ゴロー、どうしました」

黙りこんでいる甲賀に、青珠が訊ねた。

「いや……。これからどうしようかと思ってな」

「これから？」

「青珠を追いかけてる連中の目的がわからない限り、逃げ回るしかない。だからといってずっと逃げつづけるなんてできない」

自分のアパートも、青珠のマンションも、今は危くて近づけない。

「さっきのマンション、あれは本当に青珠が住んでたところじゃないのか」

青珠は首をふった。

「あそこは知ってるよ。でも住んでたのはちがうところ」

「ちがうところ？」

ならばどうして宗形はあのマンションを青珠の住居だといったのか。

「はい」

「どこだ？　っていったって覚えてないよな」

不意に青珠が顔を上げた。外は薄暗くなりだしている。フロントガラスごしに商店街の景色を見ていたが、いきなり車のドアを開け、外に降り立った。

「どうした」

「そこ」

青珠が商店街のつきあたりの方角を指さした。

「そこにいた」

甲賀も急いで車を降りた。

「どこにいたって？」

「今、この看板見て思いだしました。『バンビ』、覚えてます」

「バンビ」というのは、右手にあるお好み焼き屋だった。明りが点っている。

青珠が指さした先に、築年数の古そうなマンションがあった。

「あそこにいたってことか」

青珠は頷いた。

「何だかわからないが、いってみよう」

車をロックし、甲賀は歩きだした。

建物の前まできて、足を止めた。茶褐色の外壁で、一、二階に店舗が入っている、いわゆる「ゲタばき」マンションだ。オートロックではなく、建物の右わきに出入口がある。

出入口の扉をくぐると集合郵便受だった。部屋数は全部で二十ほどしかない。その郵便受を青珠はじっと見ている。

やがてひとつに手をのばした。「６０３」と番号がふられている。

開けると、投げこみチラシの類がこぼれた。その中に「李青珠様」と書かれたハガキがあった。美容院からのダイレクトメールだ。持参の方はヘアダイが五〇パーセントオフ、と印刷されている。

「ビンゴだぜ」

甲賀はつぶやいた。追っ手から逃げようと走り回ったあげく車を止めたのが、青珠の自宅のすぐ近くだったとは。

だがただの偶然ではない、とすぐに気づいた。月島と勝どきはすぐ近くだ。青珠は勝どきのタワーマンションにもよく足を運んでいた。そこに何があったのかはわからないが、近くだからこそ、月島に住んだのだ。

二人は六階にあがった。「６０３」号室の前に立つ。扉には鍵がかかっている。

二人は無言のまま廊下で顔を見合わせた。青珠が錦糸町で保護されたとき、もっていたのは外国人登録証明書だけだった。この部屋の鍵も、他の荷物といっしょにどこかで失くしたか奪われたにちがいない。

中に入ることができれば、青珠の身に何が起こったのかをつきとめる手がかりが見つかるかもしれないが、これではお手上げだ。

そのときガチャッという音とともに「６０２」号室の扉が開いた。出勤前のホステスと覚しい、派手なスーツを着た三十くらいの女がでてくる。

「あ、こんばんは」

青珠を見て、頭を下げた。青珠の顔が明るくなった。顔見知りだったようだ。

「こんばんは」

「あの」

とっさに甲賀はいった。女は足を止めた。

「突然ごめんなさい。私、李さんの友だちなんですが、彼女、部屋の鍵を失くしちゃったみたいで。大家さんか管理人さんをご存じありませんか」

化粧もこれからするつもりなのか、女は素顔だ。みごとに眉毛がない。

「あ、それだったら一階の焼き鳥屋さんが大屋さんなので、いえばマスターキィがあると思いますよ」

女はいった。

「いっしょにいく？　李さん」

顔は恐いが親切だった。

「はい！」

「じゃ、俺はここで待ってる」

青珠と女がエレベータで降りるのを見送った。

ひとりになって甲賀は不安になった。青珠の住居がここなら、さっきの中国人たちが今捜しにきてもおかしくはない。

それがこないのは、なぜなのか。

答はひとつだ。

知らないのだ。

勝どきのマンションは、おそらく青珠のパパの部屋だ。青珠はここからあそこに通っていた、と考えるべきだろう。そしてあいつらは、パパの何かが目的なのだ。

じゃ、パパはどうなった？

答一、中国にいる。中国から手下に指示を下し、何かをさせるために青珠の身柄と財宝を手に入れようとしている。ありえなくはない。

答二、日本にいる。いるならば姿を現わす筈だ。たとえば勝どきのマンションで待ちうけている。それならば入るのに鍵は必要ない。連中が鍵を預かったというやりとりはおかしい。したがって却下。

答三、あの世にいる。一番可能性が高い。パパが死に、青珠はショックを受け、記憶を失った。その後、何かがあり、身ひとつで逃げだしたか、ほうりだされた青珠が保護された。手に入れるには青珠の協力が不可欠な、パパの財宝を奴らは狙っている。

携帯が鳴った。とりだし、画面を見て甲賀は目を疑った。「麻矢」とある。メモリーを消去せずにいたのはただの未練だ。こちらからかけることもないし、まして向こうからかかってくるなど一生ない、と思っていた。

「はい」

「ゴロー？　久しぶり」

わずかにかすれたその声を聞いただけで胸に甘い痛みが走った。その痛みは下半身にも刺激となって伝わる。

「どうしたんだ」

「別に。何となく声が聞きたくなっちゃって。今、忙しい？」

何をしていたって、麻矢に「忙しい？」と訊かれて、「忙しい」とは答えられない。だが、

「えーと、そう。今はちょっと」

「じゃ、あとで時間ができたら電話くれる？」

「何なんだよ。急に」

せいぜいの抵抗だ。

「会いたいの。だから」

腰が砕けそうになった。愛情とはつまるところ性欲だ。声を聞くだけでこんなに抱きたくなる女に、どうして気持が醒めたなどと思いこんでいたのだろう。

「今日、じゃないよな」

「今日でもいいよ。ゴローさえ大丈夫なら」

そんな。よせよ、こんなときに。この部屋に青珠をおいて会いにいこうか。

「あとで電話する」

「うん。待ってる」

うん、の甘い響きに心が溶けた。エレベータの音で現実に戻った。

青珠と法被《はっぴ》を着た坊主頭のオヤジが廊下の向こうから歩いてくる。

「鍵、見つかんなかったら、つけ替えなきゃいけないからさ。そういって」

目が合い、甲賀は無言で頭を下げた。

「はい。どうもすいません」

青珠があやまった。一歩退いた甲賀の前で、オヤジが鍵をドアにさしこんだ。渋茶色の法被から甘辛い焼き鳥のタレの匂いがした。

「じゃ、俺、店に戻んなきゃいけないから。とりあえず今日のとこは、でかけるんなら、これ使って」

「はい。ありがとうございます」

オヤジはプラスチックの札がついた鍵を青珠に渡し、戻っていった。

「入るぞ」

麻矢とのやりとりを聞かれたわけでもないのに、甲賀は何となくバツが悪くて、宣言した。青珠も神妙な顔で頷いた。

ドアを開けた。玄関からひと目で部屋の中が見渡せる、まっすぐな一DKだった。手前がダイニングで奥にベッドのおかれた部屋がある。明りのスイッチを捜し、つけた瞬間、

「ここ」

青珠がいった。

「ここです」

中に入った。鍵をかけ、靴を脱いだ甲賀がまず見たのは、トイレの中だった。トイレはバスルームとは分かれている。狭い個室の壁にカレンダーがかかっていた。白い雪を頂いた山の写真だ。

「まちがいないようだ」

トイレに白い山の写真があった、という青珠の言葉を覚えていた。

青珠はベッドのかたわらに立ち、あたりを見回している。安心した顔だ。そのまますとんとベッドに腰を落とした。

「よかった。帰れたよ」

それを甲賀は無言で見ていた。よかったな、とりあえず俺は用無しだ、帰るわ——そう告げさえすれば、麻矢に会いにいける。電話のようすでは、すぐにでも抱けそうだ。

「ゴロー、ありがとう。全部、ゴローのおかげです」

青珠が嬉しそうにいった。

「いやあ」

甲賀は首をふった。

「あっ」

青珠が小さな声をあげた。ダイニングの小さなテーブルにノートパソコンがおかれている。立ちあがり、歩みよった。起動しようとするのを、甲賀は止めた。

「待て」

ふりかえった青珠にいった。

「ここはいったん離れよう。必要な荷物だけとって、安全な場所に移動だ。さっきの奴らがここを見つけないとも限らない」

今は知らなくとも、調べればどこかでつきとめることは可能だ。

青珠は頷いた。小さな押し入れからキャスター付のトラベルバッグをとりだし、化粧品やら洋服を詰めこむ。

その間、甲賀は手がかりになる書類がないかを捜した。あったのは日本語の教本と日本での生活ガイドブック、李青珠名義の賃貸契約書くらいだ。現金もキャッシュカードもない。

部屋を見つけたとはいえ、青珠は一文無しのままだ。

まだ時間はある。とりあえず青珠を安全な場所において、麻矢に会いにいけばいい。どこかビジネスホテルにほうりこむ手もある。

荷造りの終わった青珠を連れ、甲賀はアリストに乗りこんだ。

行先は、新宿の佐々木のところだ。

14

ビッグマックを二つ、それとポテトのLサイズ、が佐々木の希望だった。アリストにガソリンを入れ、マクドナルドで自分たちの食料も買って、甲賀は佐々木のもとに向かった。

「宗形啓一じゃ何もでてこなかったけどな、別のもんが見つかった」

部屋に入っていくと、佐々木がいった。

「何だい」

「これさ」

パソコンのモニターを示した。

「吉林省少年武術大会」というホームページの、「大会史」というコーナーをクリックする。年代別に「拳術」や「刀術」、「槍術」といった部門の各優勝者名が並んでいて、さらにその名前をクリックすると写真がでてくる。

「これ、お姐ちゃんじゃないかい」

一九九六年女子拳術優勝「宋丹」という名に合わせた。白いスポーツウエアを着け、腰に左手をあて、右拳を顔の前でかまえた少女の写真が表示される。髪はおかっぱのように短く切っているが、確かに青珠に似ていた。

「わたしです」

青珠は目をみひらいた。

「宋丹《ソン・タン》。わたしの名前……」

ポテトを口いっぱいに頬ばった佐々木が得意げに甲賀を見た。

「他に何かわかったか」

「いや。中国語なんで、解説に何と書いてあるかわからなくてな」

「宋丹、女子拳術優勝」の下に並んでいる簡体字のキャプションを示して佐々木はいった。青珠がくいいるように見つめる。

「わたしは……一九八〇年に長春で生まれ、八極拳の使い手である祖父、宋瑞雲《ソン・ルイユン》に育てられた、と書いてあります」

目を上げ、甲賀を見た。

「思いだしました。わたしには武術しかなかった。父は死に、母はわたしが八歳のときに他の人と結婚した。祖父も貧乏でした。だから祖父は、わたしを武術学校にいれた。強い生徒は、学校にお金払わなくていい。武術大会で優勝すれば、学校、ただになります。わたし、いっしょうけんめい練習した。皆、学校で生活していて、休みになると家に帰ります。でもわたしは帰るところない。祖父は帰ってくるな、といいました。だからひとりでずっと学校にいました」

「全寮制の武術学校で特待生だったんだな」

佐々木がいった。

「どうりで強いわけだ。だがそれがどうして、日本にくることになった？」

甲賀は訊ねた。もう少しで青珠はすべてを思いだしそうだ。思いだしさえすれば、麻矢に会いにいける。

青珠は自分の部屋からもってでてきたパソコンを開いた。

「姐ちゃんのか」

佐々木がいって、ケーブルをつないだ。

起動する。中国語の画面になった。

「メールを見てみなよ」

メールリストをだした。無言で青珠はその内容を見ていった。それをのぞいていた
佐々木がつぶやいた。

「少ないな。けっこう削除していたみたいだ」

「はい」

青珠が頷いた。画面に目を向けたままいった。

「わたし、削除するの多かったです。そういう約束でした」

「誰と?」

無言だった。

「誰と約束したんだ?」

甲賀はもう一度訊ねた。マウスとキィボードの上を動いていた青珠の手が止まっ

た。

画面はメールリストから、中国の検索エンジンである「百度《バイドウ》」のトップにかわっていた。

「この人」

検索項目のトップに、青珠がいつも入力していた名前があった。

王先勇。

「誰だ、これ」

青珠が静かにふりかえった。

「杜さんがいっていた人。上海黒社会の老大です」

「やっぱりか」

甲賀はつぶやいた。青珠の顔に明らかな変化があった。蒼白だが、目はしっかりしている。

「思いだしたか」

「王さんがわたしのお父さんです。武術学校を卒業したとき、祖父に養子にしたいといいました。王さんは全国の少年武術大会に寄付をしています。それでいいと思った人がいたら、自分の子供になりなさい。上海に住んで、おいしいものいっぱい食べられます。お洒落できますよ。子供みんな、王さんのボディガードになる」

聞いていた佐々木がキィボードを叩いた。

「これだ」

甲賀は目を移した。

「王先勇、一九四一年生まれといわれているが、三五年という説もある。出身は、上海、または蘇州の二説ある。一九九〇年代後半から上海黒社会で頭角をあらわし、二〇〇〇年に入って上海最大勢力を率いる老大（ボス）となった。上海公安局の度重なる捜査にもかかわらず、本人の逮捕につながる証拠を得られず、一部では公安局との癒着を疑う声もある」

「こいつが青珠の父ちゃんてことか。でもそれがなんで偽装結婚までして日本にきた」

青珠は静かに息を吐いた。

「お父さんは引退したかった。でも、公安と黒社会が恐くて引退できない。引退したら、今まで守ってくれた公安の役人が、知らん顔します。黒社会で、お父さんに恨みのある人、しかえしにきます。中国では引退できないです」

「それで日本に？」

「はい。まずわたしが日本にいって、お父さんの財産を、マンションや貯金にします。干さんがその手伝いした」

「そうか。王の金を、日本での事業に投資し、儲けでマンションを買ったりしたわけだ」

青珠は頷いた。甲賀は気づいた。

「それは全部、青珠の名義だろう」

「そうです」

日本に先乗りした青珠が、王の金をマネーロンダリングした干から受け取り、マンションや預金口座を作る。その際、青珠の名義でなければ、ややこしいことになる。中国から日本への送金は、中、日両国の金融機関に記録が残り、公安の追跡材料となるからだ。

あくまでも裏金を使って、王先勇とはつながりのない資産形成を日本でするのが目的だったのだ。

「青珠の受けいれ準備が整ったら、王も、別人のフリをして日本にくる。そして引退生活をこっちで送る、そういうつもりだったんだな」

甲賀はいって、青珠を見つめた。養子になった以上、青珠も中国公安当局の目は逃れられない。そこで別人の戸籍を使い、偽装結婚して足どりを消したのだ。

「そりゃあ俺に中国にきてほしくないわけだ。結婚の証明を役所からもらうには、いっしょに宿泊しなけりゃならん。父ちゃんは我慢できんだろう。娘が、会ったこともない日本の男と泊まるなんて」

そこであらゆる書類に替え玉を立てたわけだ。青珠の過去を消すためにも、必要な措置だったにちがいない。

黒社会の大物だからこそ可能な、大がかりな工作だ。しかもその大物の指示とは決してわからないようにしなければならない。

「で、いつくることになってるんだ、王は」

青珠は答えなかった。かわりに涙をぽろぽろと流していた。うつむくと、パソコンのキィボードに涙が散った。

「――もう、きていたのか」

小さく頷いた。

「全部、全部、思いだした。お父さん、裏切られたよ。わたし、待ち合わせたホテルいったら、お父さん、死んでいた……」

額をモニターに押しつけた。

「だから青珠を皆、追っかけているんだ。日本での王の財産はすべてお前の名義だ。青珠さえつかまえれば、それがものになる」

「書類、全部、勝どきのマンションにあります。でも、わたし隠してある」

「それであのタワーマンションに連れていこうとしたのか」

「きっとそう」

「殺されたのはやっぱり如なのか」

「はい。お父さん死んでいたの見て、如さん、逃げましょうといった。そのあと――」

青珠の顔が歪んだ。

「どうした」

「駄目。それからのこと、思いだせない」

「話を整理するぞ。王が日本にきて、滞在しているホテルにお前は会いにいった。いつの話だ？」

青珠は首をふった。

「わからない。そんな前じゃない。でもはっきり覚えてない。ゴローに会う前の日か、その前の日」

「日付はいいだろう。どこのホテルだったか覚えてるか」

「横浜」

「名前は？」

「如さんと横浜駅で待ち合わせていった。古くてきたないホテルだった。えー、なんでこんなきたないところ、と思ったよ。部屋に入ったら、お父さんがベッドにいた。目を開いてて……」

喘《あえ》いだ。

「よし、その先だ」

「如さんが逃げなさい、といって、二人で走った。そこから覚えてない」

おそらくはつかまったのだ。だがどうやって逃げたのかが不思議だった。如はそのとき殺されている。しかも死体は、横浜ではなく、東京の本所警察署管内か、その周辺に捨てられたのだ。そうでなかったら伊賀が写真をもって訊きこみに回ることはない。

「王を殺したのが誰だかわかるか」

青珠は首をふった。

犯人は、王の引退計画を知っていた人間だ。容疑者の筆頭は干だろう。その干の指示を受け、青珠の替え玉をたてた羊とかいう奴も怪しい。もちろん全員がグルという可能性もある。

如とちがって王の死体が発見されないのは、報復を恐れているからだ。

「ボディガードはいなかったのか」

「わからない。でもお父さんは、わたしがいたら大丈夫だって、いつもいっていたよ」

「宗形はいったいどこからでてくるんだ？」

黙っていた佐々木が口を開いた。

「本屋で俺が会っていた奴だ」

「宗《ゾン》」

「宗というのか」

「はい。わたし、宗の会社で働いていることになってた。日本で仕事ないわたしがマンション買うの変だよといわれたときのため。宗の会社ふたつある。銀座と京橋と」

「銀座はどこだ？」

「銀座一丁目。そこでお金、貸してます。わたし日本にくる前に、宗と会いました。宗の会社で働いていることにするとお父さんにいわれて」

だいぶ見えてきた。が、わからないのは、王の死を全員が知っている、という点だ。王が死ねば、確かに日本におけるその財産は、名義上からいって、すべて青珠のものになる。

そう考え、甲賀はぎょっとした。青珠にも、王を殺す動機が立派にある。青珠を追っている者の中には、復讐《ふくしゅう》を目的としている王の腹心もいるかもしれない。必ずしも全員が、青珠名義の財産を狙っているとは限らない。復讐を一番に考える人間なら、ボスの死を隠す必要はない。むしろ、ボスを殺した犯人として、青珠を追え、と周囲に知らせることもありうる。

はっきりしているのは、青珠が王殺しの犯人であろうと、そう仕立てられたのであろうと、このままでは日本にも中国にも逃げ場はないということだ。そのうち上海から、ボスの復讐をとげるために大部隊がやってくるかもしれない。もし青珠が犯人でないなら、犯人の目的はそこにある。ボス殺しの汚名を青珠に押しつける。だが、そうだとすれば財産をすべて奪うわけにはいかない。奪えば、たとえ青珠の口を封じたとしても、疑いを招く。

やはり青珠が犯人なのだろうか。

いや、青珠が王を殺すとすれば、今である必要はまったくない、と甲賀は気づいた。

王先勇が計画通り、引退し、日本での隠遁《いんとん》生活に入ってからでも充分間に合うのだ。むしろそれから殺したほうが、手下たちの報復を恐れることもない。

そこに気づき、甲賀はほっとした。

とはいえ、青珠のおかれた状況が絶望的であるのにかわりはない。

携帯が鳴った。英淑からだった。機嫌を直したのだろうか。

「はい」

「甲賀さんか」

聞き覚えのない男の声がいった。

「誰だ」

「杜さんの友だちです。杜さん、今とても困っています。助けられるの、甲賀さんしかいません」

目の前が暗くなった。青珠が戻ってきたと思ったら、今度は英淑か。

「わけわかんないことというなよ。英淑は俺に怒ってるんだ。だから助けてほしいなんて思ってない筈だ」

「まじめな話。あなた、とても得する」

「どんな得だよ」

「蛇と交換します」

「はぁ？」

「蛇を捜して下さい。見つけたら、あなたも杜さんも大喜び」

「蛇って何だ？」

「李青珠に訊けばわかります」

「あんたの名前は？」

「私の名前、関係ない。この電話に連絡下さい」

「ちょっと待った。英淑は無事なんだろうな」

「次に連絡するとき、話できます」

電話は切れた。

青珠と佐々木が無言で甲賀を見つめている。

「英淑がさらわれた」

「さらわれた？」

青珠が訊き返した。

「誘拐されたってことさ」

佐々木が説明した。

「誰に?」

「中国人だ。干かもしれない。〝蛇〟と交換だといわれた。また〝蛇〟だ」

甲賀は青珠の顔を見つめた。

「〝蛇〟……」

青珠は眉根に皺を寄せた。甲賀は思いだした。

「そういや、如の事務所で干支のおきものを拾ってたな。蛇じゃなかったか」

「これ、ですか」

青珠がジャケットからとりだした。

「そう、それだ」

受けとった甲賀は掌にのせた。英淑によれば、干支のおきものは、中国では珍しくないということだ。赤い玉を包むように、薄いブリキ細工の龍が囲み、ちょうど柿の実でいえばヘタにあたるところに蛇がとぐろを巻いている。さして価値があるようには見えない。

「これと英淑を、奴らは交換するといっているのかな」

「なんでそんなものが欲しいんだ?」

佐々木が訊いた。

「わからん」

「見せてくれ」

甲賀は渡した。佐々木はスタンドを点け、玉を光に透かした。

「瑪瑙《めのう》かな。だとしても別にそんな高価ってわけじゃなさそうだ。誰が巳年なんだ？」

甲賀は計算した。青珠が宋丹なら、一九八〇年生まれは申《さる》年だ。

「王は何年生まれといったっけ」

「一九三五年と四一年の二説ある」

モニターをふりかえり、佐々木が答えた。

「四一年なら巳年だ。ヘビドシだ」

青珠が反応した。

「お父さん、蛇のおきもの集めてました。だからわたし、これを見たとき、懐《なつか》しいと思った」

「じゃあこれとは限らないな」

佐々木がデスクにおいた。

「何か、特別に高価なものとかなかったか」

青珠は首を傾げた。

「わかりません」

「勝どきのあのマンションだが、王はきたことはあったのか」

「最初、買ったときに一度きました。まだ家具も何もなかった。眺めがいいといって、お父さん喜んでた。わたしが少しずつ家具を買って増やした」

「つまり王が日本にきたら住めるように？」

「はい」

「だったらなぜ、青珠はそこに住まなかったんだ？」

青珠は複雑な表情を浮かべた。

「わたし……わたし、お父さんと暮らすの嫌だった」

「嫌だった？　どうして」

青珠は目を閉じた。

「お父さんは本物のお父さんじゃない。昼はわたしは娘、でも夜は奥さんになりなさい」

甲賀は息を吐いた。養女にしたが、愛人になるのも要求したということか。

「王の周りにはそんなのが何人もいたのか」

青珠は首をふった。

「娘はわたしひとり、あとは息子が三人いた。本当の子供はいない。でもひとりは死んで、ひとりは刑務所に入っています」

「あとのひとりは？」

「王新豹《ワン・シンバオ》。上海にいます。一番下のお兄さん」

「変なこと訊くが、王は息子たちにも、その、夜の相手をさせてたのか」

青珠は小さく頷いた。佐々木がうえっとつぶやいた。

「変態の爺さんだな」

「わたしはお父さん尊敬していました。でも奥さんになるのは嫌だった。あるときは、新豹兄さんとわたしと三人で――」

「もういい、もういい」

甲賀はいった。そんな話は聞きたくなかった。

「それより勝どきのマンションについて教えてくれ。王が、中国からそこに荷物を送ってくることはあったか」

青珠は頷いた。

「絵とか壺《つぼ》を送ってきました」

「蛇のおきものは？」

「それはなかったよ。お父さんには、蛇は幸運をもってくる大切なもの。だからいつもそばにおいていた。もってくるのは、上海からいなくなるとき」

「今回日本にきたのは、そのためか」

「はい」

「だったらなぜ横浜のホテルになんか泊まった？　直接、勝どきのマンションにいけばいいのに」

「わからない」

王先勇が本気で黒社会からの引退を考えていたなら、それはごく限られた人間にしか知らされない筈だ。日本側の手下たちにはあるていど知らせざるをえないだろうが、中国側で知っているのは少数でなければならない。そうでなくては、隠遁生活などできる筈がない。公安からも敵対グループからも逃れようとするなら当然だ。

日本にきてとりあえず安ホテルに宿をとったのは、それが理由だったのではないか、と甲賀は思った。空港から直接勝どきのマンションに向かえば、そこを知られたくない手下にも知られる可能性がある。といって、中国人観光客が宿泊するようなホテルを使えば、顔がバレるかもしれない。

王は日本にくる際、一番高価な〝蛇〟を自らもち運んできたのではないか。前もって送ったのでは税関でひっかかったり、日本側の手下に盗まれる危険がある。

「なあ、横浜のホテルに王は〝蛇〟をもってきていなかったか」

「〝蛇〟?」

「たぶんそれはすごく金のかかってる、宝物だ。英淑をさらった奴らは、青珠がそれをもってると思っている」

「なぜ、わたしがもってると思う?」

「王がもっていなかったからだ。王を殺した連中の目的は〝蛇〟だ。なのになかった。そこで青珠がもって逃げたと思って、捜し回っているんだ」

「待てよ。王を殺した奴は別にいて、そいつがもって逃げたとも考えられるぞ」

佐々木がいった。

「話をややこしくしないでくれ。とにかく奴らが青珠を勝どきのマンションに連れていったのは、〝蛇〟がそこに隠してあると信じてたからじゃないか」

いって、甲賀は青珠を見た。

「本屋からあいつらに連れだされたとき、もってるものを調べられたりしたか」

青珠は首をふった。

「すると〝蛇〟はこれじゃない。ポケットに入るような大きさなら、もって逃げてるのじゃないかと調べるだろう」

赤い玉のおきものを示して、甲賀はいった。

「だがわからないことがある。横浜のホテルにいったとき、王は死んでたといったよな」

「はい」

「その場からお前と如は逃げだした」

「はい」

「だが如はつかまって、殺された。青珠はつかまらなかったのか」

「わからない、覚えてないよ」

つかまって如が殺されるのを目撃したのかもしれない。そのショックで記憶を失った、という可能性はある。

問題は、なぜ青珠が横浜から錦糸町に移動したのかだ。

如と青珠をつかまえた犯人は、如を殺し、死体を警視庁本所署管内に遺棄した。そのときに青珠は逃げだしたのだ。

そうとしか考えられない。横浜で青珠ひとりがつかまらず逃げたなら、いくら記憶を失ったといっても、錦糸町までくる理由がないからだ。

偶然とは思えなかった。逃げようと、夢中で電車を乗り継ぐうちに錦糸町にたどりついたというのでは、あまりにできすぎだ。

「俺がいいたいのは、こういうことだ」

甲賀は説明した。

「青珠と如は、たぶん一度、つかまっている。だから如は殺され、青珠は錦糸町まで連れてこられた。ただ、つかまったときの青珠は〝蛇〟をもっていなかった。もっていたら、その場でとりあげられたろうし、英淑と交換しようなんて話にはならない」

「犯人が二《ふた》グループだったら？」

佐々木がいった。

「王を殺して〝蛇〟を奪った奴らと、横浜でお姐ちゃんをつかまえた奴らと」

「もしそうなら、王を殺したのが青珠だとそいつらは考えてることになる。そうでなけりゃ、青珠が〝蛇〟をもっているとは思わない」

またしても嫌な感じになってきた。青珠が王を殺し、〝蛇〟を奪ったという可能性が浮上してきたのだ。しかも、王が日本で隠遁生活を始めれば、青珠には嫌な〝夜の勤め〟が待っている。逃れるための殺人は、充分、動機になる。

記憶を失ったのも、如が殺されるのを見たというより、王を自らが殺したのを忘れたかったからではないのか。そのほうが、より自分が認めたくない記憶だ。

携帯が鳴った。今度は誰だ。麻矢だった。

「はい」

「ゴロー？　わたし。まだかかりそう？」

「えっと、ちょっと待ってろ」

佐々木と青珠を見た。

「一時間ばかり、でていいか」

この場面で俺は何をやっているんだ。だが、今夜中に会わなければ、麻矢がまた手の届かないところにいってしまうような気がしていた。

「何だよ」

「緊急の用事なんだ」

「これより緊急なのか」

佐々木はあきれた顔になった。

「ああ」

頷き、青珠を見た。

「ここにいれば安全だ。待っててくれ。そうだ、お前のパソコンを佐々木に見てもらえ。削除したメールとかも、もしかしたら復活させてくれるかもしれん。そうなれば、もっといろんなことがわかる」

青珠は不安げながらも頷いた。

「ゴローはどこいきますか」

「ちょっと会わなきゃならん人間がいる。会って話をして戻ってくる」

「わたしと関係ありますか」

「いや、別件だ。もっと前からかかわってる相手だ」

「わかりました。なるべく早く、帰って下さい。わたし、待っています」

その響きが妙に切なげで、佐々木の部屋をでて階段を降りるあいだも、甲賀の耳に残った。

15

「どこなの？」

「新宿なんだ」

「じゃ、歌舞伎町で会おうよ。あたしも二十分くらいでいけるから」

「歌舞伎町のどこだ？」

麻矢は、以前二、三度、二人でいったバーの名を口にした。六本木で働いていた頃、麻矢は他の街でデートをしたがった。多くは西麻布や青山だったが、たまに新宿というときもあった。「お客さん」とばったり会うのが嫌だから、といっていた。それが、「寝たことのあるお客さん」とばったり会うのが嫌だという意味だったことに、あとで気づかされた。

バーについた。仏頂面のバーテンダーにジントニックを頼み、ざわつく気持をおさえようと、煙草に火をつけた。

麻矢に会うのは三年半ぶりだ。その後どうしていたのだろう。六本木のバーは辞めた筈だ。

「ゴロー」

声にふりむいた。上品なニットのワンピースに革のジャケットを着た麻矢が微笑んでいた。めちゃくちゃかわいい。

バーテンダーがええっという顔をしている。こんな冴えないオヤジに、なんでこんなかわいい子がくっつくんだ、という表情だ。

ざまを見ろ。

麻矢が隣にすわると、ふわっといい香りがした。香水ではなく、愛用のボディローションの匂いだ。抱くと、いつもこの匂いに包まれた。思いだし、下半身が反応した。

「久しぶり。元気そう」

じっと甲賀の目を見つめ、麻矢はいった。くっきりとした二重瞼《ふたえまぶた》に、小動物のようなあどけない瞳をしている。初めて会ったときは、まだ十代かと思ったほどかわいらしかった。

「まあまあ、かな。今何してんだい」

「お友だちの宝石屋さんを手伝ってる。もう、夜は疲れちゃって」

バーテンダーに向きなおり、

「ホワイトレディ、下さい」

と告げた。仏頂面がはりきってシェーカーをふり始めた。だが目もくれず、麻矢は甲賀を見つめている。

「ゴローは何してるの？」

「あれこれ、さ」

麻矢の瞳に痛みが浮かんだ。

「あたしのせいでお仕事辞めることになって」

「それはいいんだ。元々、好きだったわけじゃない。公務員だから安定してるかなって思ってたくらいで」

「ゴローらしくないよ。そんな、安定なんて。いつも夢を追う人じゃない」

「夢？　馬鹿みたいな夢ばかりだけどな」

「昼間の仕事を始めて、少し大人になったんだ。あの頃、あたしの周りにいたのは、お金はあるけど、それだけって人ばかりで、ちがってたのはゴローひとりだった」

「それは、俺だけが貧乏ってことか」

「ちがうよ、そんないい方しないで。貧乏なら、あたしだって同じ」

「そんな風には見えないな」

麻矢を見なおした。革のジャケットだって安物じゃない。

「昼のお給料だけだもん」

「本当に？」

「うん。少し貯めてたお金があるから、苦しいときはそれを使うけど」

「へー、麻矢がね」

「貧乏くさい麻矢は嫌い？」

甲賀はため息を吐いた。お前のことを嫌いだったことなんて一度もないよ、憎い、と思ったことはあるけど。

「いいや」

「じゃ、してくれる？ 今度」

甲賀の耳もとに唇をつけ、麻矢はいった。

「今度？」

思わずふりむいた。

「今、女の子なの」

小声でいって、麻矢は舌をだした。

「でもゴローに会いたいからでてきちゃった。よかった、会えて」

「いつだ、今度って」

訊いている自分が情けない。

「あと三日くらい」

「じゃ、待つか」

「そんな顔しないの。新宿にいたのは仕事？」

「みたいなものかな」

実は結婚したんだ、会ったことのなかった中国人の女と、なんていえるわけがない。

「そうなんだ。忙しい？」

「まあまあ、な。実は今も、人を待たせてる」

麻矢は目をみひらいた。

「なのにあたしと会ってくれたの？」

「ちょっと時間が空いたから」

「嬉しいな」

「手伝ってる宝石屋ってどこなんだ」

「御徒町《おかちまち》。問屋さんみたいな店。業者さんが相手で」

「へえ、おもしろいか」

「宝石は詳しくなったよ。何かあったら訊いて」

「縁がないよ、宝石なんて」

甲賀は首をふった。

「じゃ、引っ越したのか」

前は確か広尾だった。そういう街が好きな女だ。

「うん。今はね、神楽坂」

「またシブいところだな」

「おいしいお店とかたくさんあるよ。今度きて」

「今のが片づいたらな」

思わず口にして、しまったと思った。

「そんな大変なの？」

「うーん、まあ、ちょっと」

「麻矢に聞かせてよ」

いや、それは無理だ。

「ちょっと中国人の取引先が関係しててさ」

「中国人？　うちにもくるよ、ときどき。中国人のバイヤーが」

「そうなんだ」

「今、ものすごくお金持多いから、中国人て」

ふっと思いついた。

「なあ、中国人て干支のおきものとかで縁起担ぐだろう」

「あるある。猿とか犬とか。あと龍も。金細工に、ルビーとかダイヤを埋めるの。日本人は、指輪とかネックレスだけど、向こうの人はおきものとか好きみたい」

「へえ」

〝蛇〟とはそれかもしれない。ポケットに入らないくらいの大きさで、金や宝石ででできているとすれば、相当の価値がある。

「そういうのを捜している人がいるの？　中国人の知り合いで」

ぎょっとした。

「いや、麻矢の店でもそういうのを扱ってるのかな、と思ってさ」

麻矢は首をふった。

「そういうのはだいたい注文製作だね。日本人はあまり頼む人いないけど、たとえば一千万なら一千万ていう予算を前もって決めてもらって、工房のほうにうちが注文をだすの。すごいお金持なんかが、たまに頼んでくることあるよ。ああいう人たちって変わり者が多くて、フクロウのおきものばっかり集める人とかいる。それも木彫りとかじゃなくて、金《きん》とかプラチナとかでできてるやつ。売ってるのは少ないから、結局オーダーメイドするの」

「そういうのはやっぱり価値があるのか」

麻矢は首をふった。

「同じものを欲しいと思う人には価値があるけど、おきものには工賃がかかるから、一千万円で作っても、売るときには材料費ぶんの値段にしかならない」

「材料費ぶん？」

「使ってる金とか宝石の値段。今は金が高くなったから、昔作った金細工だったら工賃を入れた元値より金そのものの重さで価値がでてるのもあるだろうけど」

上海黒社会のボスが作らせたのだとすれば、一千万ということはないだろう。きっと宝石もあわせれば億単位の値がつくにちがいない。中国人が捜しているのは、きっとそういう〝蛇〟だ。

麻矢と会ったのは無駄じゃなかった。思わぬ情報を得られた。

だがそろそろ戻らなければならない。これ以上麻矢といてもホテルにいけるわけではないとわかって、甲賀は青珠のことが気になりだした。

麻矢のバッグで携帯電話が振動した。

「ごめん」

麻矢がいって開いた。メールのようだ。

「学生時代の友だち。飲み会やってるからこないかって。やーだ、ゴローといるもん」

「いってこいよ」

「えー」

「俺はまた仕事に戻んなきゃなんない。三日たったらゆっくり会おうぜ」

「わかった」

不満そうに唇を尖らせ、麻矢はいった。

「じゃ、また電話するね。もしかしたら早く終わるかもしれないし」

「飲み会が？」

「ちがうよ。女の子が。そうしたら錦糸町まで遊びいっていい？　御徒町から近いし」

「え、ああ……」

「誰かと住んでるの？」

煮え切らない返事に、麻矢の顔が曇った。

「いや、ちがう、ちがう。安い部屋だから、なんか格好悪くて」

「あたしだってワンルームだよ、今は。どこでも別に気にしない」

いって、麻矢は立ちあがった。

「じゃ、またね、ゴロー」

「またな」

勇気がわいてきた。泥沼にはまったと思っていたが、いいこともたまにはある。

あと三日。

それまでに青珠の問題は解決するだろうか。

しそうもない。

だったらどうする。

考え、ため息を吐いた。英淑がさらわれた今、青珠を押しつけられそうな人間はいない。

〝蛇〟さえ見つければ、何とかなるかもしれないが。

青珠が王を殺し、〝蛇〟をどこかに隠している、という可能性はあるだろうか。その直後に記憶喪失になったとしたら。

ゼロではない。が、そんな何もかもが一度に、青珠の身に起きるものだろうか。

待てよ。

王先勇の死体はどうなった。もし横浜のホテルに放置されたままなら、とうに見つかっていておかしくない。

　甲賀は加場に電話をかけた。

「はいはーい」

　雀荘らしい。ジャラジャラという洗牌の音が聞こえる。

「なあ、横浜で最近、中国人の死体が見つかってないか」

「何よ、いきなり。怪しいな。ゴローちゃん、何かつかんでる？」

　直後、ポンという声を加場はたてた。

「いや、そういうのじゃないんだ」

「何がそういうのじゃないのさ。ギブアンドテイクだよ、世の中は」

「もちろんさ。わかってるって。お礼はするよ」

「何？　記事で、別のもので？」

「記事にはなんないような話さ」

　本当のことをいえば食いついてくるだろう。ただし、警察も食いついてくる。

「ロン！　中《チユン》ドラ三」

　加場の声がはねあがった。あーあ、というため息が聞こえた。

「今ここに横浜支局のがいるけど、訊く？」

嫌だよ、と邪慳《じゃけん》な声がした。どうやら加場に振りこんだ人間のようだ。それにかまわず、加場が訊ねている。

「今朝、横浜港でひとつ見つかったぜ、中国人かどうかはわかんないけど」

「聞こえた?」

「いくつくらい?」

「六十代から七十代の男性。着衣なし、身許不明」

どうやら加場が携帯電話をその記者に向けているようだ。

「どうよ」

「ありがとう。お礼の件はまた連絡する」

甲賀は電話を切った。

見つかった死体は、王先勇と見てまちがいないだろう。着衣をはぎとって海にほうりこんだのは、身許をわからなくするためだ。王先勇に日本での逮捕歴がなければ、警察は指紋でも身許をつきとめられない。

甲賀は少しほっとした。王の死体を海に捨てたのは青珠ではない。女ひとりではいくら何でも不可能だ。

むろん、殺したのと死体を捨てたのが別人、という可能性はある。王の〝蛇〟を欲しがっている連中にとっては、警察にあれこれ調べられるのは不都合だ。王が別人になりすまして日本に入国していたとしても、もろもろ遺留品があれば、中国の公安当局への照会で、死体が王先勇だと発覚する。そうなれば上海の、王の手下が大挙して日本にやってくるかもしれない。

死体を捨てた連中は、王がかねてからの計画通り、隠遁生活に入ったと上海側には思わせておき、今のうちに財産を手に入れるつもりなのだろう。

だが順当に考えれば、王を殺したのと死体を捨てたのは同じ犯人だ。そいつらが英淑をさらった。理由は、青珠が〝蛇〟をもっているると信じているからだ。

そこだ。

青珠が〝蛇〟を、王の死体のそばからもって逃げた可能性は限りなく高い。そしてどこかに隠した。その後、如とともにつかまった。〝蛇〟がどこにあるのかを知ろうと、つかまえた奴らは如を痛めつけ、殺した。つまり〝蛇〟は如と青珠がもって逃げたと思ったのだ。だからこそ如の事務所は家捜しにあった。ところが青珠はどうやってか、その場から逃げだした。〝蛇〟の行方を知るのはもう青珠しかいない。そこで奴らは、どんな手を使ってでも、青珠をとり返そうとしている。

その保護者が、自分だ。

どう考えても最悪だ。奴らにとって甲賀は、青珠の〝共犯者〟だ。英淑の次にさらわれ、〝蛇〟を渡さなければ殺す、といつ威されてもおかしくない。どうしたらこの状況を抜けだせるだろう。青珠の保護者の役割を誰かに押しつけられないものだろうか。

英淑の身も心配だが、奴らに青珠を渡せばすべてが解決する、とは甲賀には思えなかった。何せ、青珠は〝蛇〟のことを知らないのだ。忘れている、あるいはとぼけている、とも考えられるが、いずれにしてもこのままでは、その行方について奴らが責めたててくるのは目に見えている。そうなれば当然、甲賀も巻きこまれる。

警察に保護を求めるのは論外だ。警察の仕事は逮捕であって保護ではない。事情を知れば、まず甲賀と青珠が逮捕される。

公正証書原本不実記載及び同行使。それが甲賀の容疑だ。さらに青珠には旅券法違反、下手をすると殺人の共犯容疑も加わる。最悪なのは、二人が逮捕されたからといって、王や如を殺した犯人がつかまるとは限らないという点だ。警察が動いたと知れば、連中は中国に飛ぶ。日本からの捜査協力の依頼が中国で実を結んだという話は、めったにない。

つまりパクられ損というわけだ。命は助かるかもしれないが、ほとぼりがさめた頃、連中は別人になりすまし、日本に舞い戻ってくる。悪夢の再開だ。

そのとき閃《ひらめ》いた。保護者がいた。青珠を預けられ、連中をおさえこみ、もしかすると甲賀に迷惑料を払ってくれるかもしれない、理想の保護者が。

甲賀は勢いよく立ちあがった。

16

「青珠！　上海に電話しろ！」

甲賀の叫びに、パソコンに向かっていた佐々木と青珠がふりかえった。

「何だよ、急に」

「上海、誰ですか」

二人が同時に訊ねた。

「兄貴だ、お前の。王新豹、連絡先くらい知ってるだろう」

「その兄ちゃんなら、メルアドを見つけた。姐ちゃんがこっちにきてから何回かメールのやりとりをしてる」

佐々木がいった。青珠はよくわからないという顔で甲賀を見ている。

「王先勇らしい死体が、今朝がた横浜港で見つかった。なあ、王の引退後、誰が組織のボスになる予定だったんだ」

青珠は瞬きした。

「わからないよ」

「養子の新豹じゃないのか」

「確かにお兄さんは、お父さんが日本にきたあとのこと、頼まれてた」

「そこだよ！　つまり王がいなくなった今、ボスは青珠の兄さんじゃないのか」

「そう、かもしれません」

「なるほど！」

佐々木が頷いた。

「それ、グッドアイデアじゃん」

佐々木をふりかえり、青珠は首を傾げた。

「わたしわかりません」

「王を殺した連中が、今、一番恐いのは誰だ？」

「警察？」

「ちがうよ。青珠の兄ちゃんだ。新しいボスだ。もし王先勇を殺したのがバレたら、お兄ちゃんはどうする」

　青珠が目をみひらいた。

「復讐します」

「だろ。上海には、手下がごまんといる筈だ。それをひきつれて、兄ちゃんが日本にきたらどうなる？　奴ら、びびるぞ」

「メール、打ちます」

「そうしろ。それから、俺に助けられたこともちゃんと書けよ。青珠の兄ちゃんに殺されたくないからな」

　感謝のしるしも期待して、甲賀はいった。

　青珠が自分のパソコンに向かった。長々と打っている。

　甲賀は小躍りしたい気分だった。これこそ大逆転だ。

　青珠が打ち終わり、送信した。

「ところで兄ちゃんも、日本語は喋れるのか」

「はい。わたしたち兄妹、二年ずつ、日本に留学しました。お父さん、日本語勉強しなさい、といって。でもお兄さん、わたしほどうまくないよ」

「多少は通じるんだろ」

「少し話せます」

青珠のパソコンが音をたてた。

「お兄さんから返事きました」

青珠が開いた。

「明日、くるそうです」

「こっちにいる、王の手下に連絡をとるなと書け。奴らは皆グルで、青珠に父親を殺した罪をかぶせようとしてる」

青珠は頷き、キィボードに指を走らせた。

とにかく王新豹をこちらの味方につけることだ。そうすれば、干だろうが誰だろうが、簡単には手をだせない。

青珠のメールにすぐ返事がきた。

「大事な妹を信じる、と書いてあります」

「よしっ。俺の携帯の番号を教えとけ。成田に着く時間がわかったら、迎えにいく」

あとは〝蛇〟の行方だけだ。

「なあ青珠、もう一度思いだしてくれ。王の死体のそばに〝蛇〟はなかったか」

青珠は首をふった。

「何もなかったよ。お父さん、顔にアザできて死んでた」

「アザ？」

「殴られたと思う。鼻から血もでてた」

「首を絞められたりとか、撃たれたりとかじゃなくて？」

青珠は頷いた。殴り殺されたということだろうか。

だとすると、〝蛇〟のありかを吐かそうとした〝犯人〟が殴りつけた弾みで死んでしまったとも考えられる。

〝蛇〟は青珠が隠したのではなく、王先勇がもともとどこかに隠していたのかもしれない。

「どうして〝蛇〟がそんなに大切ですか」

「たぶん、お父さんが金にあかせて作らせた宝物だからだ」

「宝物」

「金《きん》とかダイヤとか、そういうのをいっぱい使って作らせた。だから売れば大金になる」

青珠は考えこんだ。

「どうだ、何か思いだせそうか」

「わたし、知らない」

甲賀は落胆した。

「そのホテルを捜しにいってみちゃどうだ」

佐々木がいった。

「横浜の近くなのだろう」

「おいおい、横浜にいったい何軒ホテルがあると思ってるんだ。しかもぼろくてきたないホテルなんて山ほどある」

「そうか。お姐ちゃん、ホテルの名前とか何か、覚えてないか。周りの景色とか」

青珠は宙を見つめた。

甲賀の携帯電話が鳴った。宗形の会社の番号が表示されている。

忘れていた。もし宗形が英淑をさらった連中とグルでないのなら、ここにも〝蛇〟を欲しがっている奴がいる。

「はい」

「宗形です。その後、李さんとはお会いになられましたか」

「電話では話しました。宗形さんという人は知らない、といっていた」

「あ、それでしたら、私の両親は台湾の出身でしてね。向こうでの姓は、宗といいます。李さんにはそうお伝えすればわかっていただけたのですが」

食えない男だ。甲賀が青珠の〝夫〟だと話したとき同様、動ずるようすもなく宗形は答えた。

だが今は、甲賀にも余裕がある。

「そうですか。ところで、青珠と連絡をとりたいという人がもうひとりいましてね。宗形さんはさっき知らないといわれたが、干さんという中国人です。この方も、急いで青珠と会いたがっているようなのですが、何かご存じありませんか」

「さあ。私が存じあげなけりゃならない理由とか、ありますか」

「蛇《じゃ》の道はへび、というじゃありませんか」

わざといってみた。

「蛇の道、ですか」

おかしい。宗形の目的は〝蛇〟ではないのだろうか。

「同じ中国の方なので、と思ったんだが。じゃあ、正直にいいましょう。干さんは、青珠と話せるなら、謝礼を用意するといっている」

「私もそれについては準備があることを、今日の昼、お見せしましたが」

「向こうの謝礼のほうが上回るようです」

宗形は沈黙した。甲賀はいった。

「私は、実は謝礼の金額になどこだわってはいません。ただ、戸籍上とはいえ、まがりなりにも自分の妻である女性の身にいったい何が起こっているのかを知りたいんです」

「それについては、忠告をしましょう。あまりお知りにならないほうが、甲賀さんの身のためです」

「身のため？」

「はい。李さんの身をたいへん心配している人が中国にはいます。その人を怒らせると、あなたの身は危険なことになる」

「それは青珠の身内ですか」

「ええ。でもこれ以上は電話では申しあげられない。悪いことはいいません。その干とかいう男ではなく、私に李さんの身柄を預けて下さい。お金が目的でないのなら、尚さらです。あなたはまちがった相手と取引をしようとしている」

「わかりました。考えましょう。宗形さんと干さんと、どちらが信用できるのかを」

「そうして下さい。そしてなるべく早く、李さんを私に渡すこと。甲賀さんのためにも」

「また、ご連絡します」

甲賀は切って、青珠を見た。

「宗は、〝蛇〟には食いついてこなかった。お前の身柄が欲しいだけのようだ」

またわからなくなった。とぼけているだけなのか。

「わたし思いだした」

青珠がいった。

「お父さんのいたホテル、ホンモクというところにあったよ」

「本牧か。名前はどうだ？」

佐々木がパソコンに向かった。モニターにリストが浮かんだ。

「旅館業として登録されてるのはこれだけある」

モニターを見つめた青珠がひとつを指さした。

「ここ、かもしれない」

「本牧ベイサイドホテル、横浜市中区本牧町二―×―×」

「いってみよう。何か思いだすかもしれん。またアリスト、借りるぞ」

佐々木は頷いた。

「謝礼が手に入ったら、俺にも少し回せよ」

首都高速は空いていた。湾岸線の本牧ふ頭インターまで一時間とかからない。

車中で青珠は静かだった。

「どうしたんだ。明日には兄ちゃんもくるし、問題は一気に解決するぞ」

「ゴローは、お金が欲しいですか」

「何いってんだ、急に」

「さっきの電話の話です。わたしがお金になるといっていました」

「ちゃんとそのあといったろう。戸籍上とはいえ、妻の身に何があったのか知りたいって」

「本当ですか」

甲賀は青珠を見やった。

「そりゃ、俺は金がない。何百万て謝礼を積まれたら、目もくらむ。けれど英淑の命もかかってるんだ。〝蛇〟を捜すのが先だ」

「〝蛇〟をあげれば、杜さん帰ってきますか」

「何ともいえない。人を殺すような奴らがちゃんと約束を守るかな」

青珠の兄、新豹を味方につけていなければ、とうてい取引ができる相手ではない。

とはいえ、〝蛇〟に興味も欲もあった。もし〝蛇〟を見つけたら、青珠の兄は、「妹の身を守ってくれた」礼に、それを甲賀によこすかもしれない。上海一のボスの後釜を継いだ新豹にしてみれば、たいしたことではないだろう。

「なあ、兄さんてどんな人だ。年は？」

「三十三歳です。わたしにはとても優しい」

いい情報だ。

「親父さんのビジネスを継ぐのだろう。そんな若くて大丈夫なのか」

「お兄さん、怒ると恐いです。お父さん以外の人、お兄さんを恐がってる」

ますますいい情報だ。

「手下はいっぱいいるのか。部下ってことだ」

「よく知らない。でもお父さんは五百人くらいいるといってました」

五百人か。日本の広域暴力団に比べれば小人数だが、中国マフィアとしては多いのだろう。中国人犯罪者は大集団を形成しない。ある数が集まると、分裂し、それぞれがボスになりたがるからだ。まさに「鶏口《けいこう》となるも牛後となるなかれ」という民族性だ。日本人は何といっても「寄らば大樹の陰」だ。そのせいで今や日本の暴力団は、三大組織が全体の九割近くの人数に達している。

「本牧ベイサイドホテル」は、海沿いの国道を西に折れ、山側に登る道の中腹にあった。

ラブホテルとビジネスホテルの中間のような造りの建物だ。甲賀は近くの路地に車を止め、青珠と降りたった。ホテルの正面には駐車スペースがなかったからだ。

青珠が立ち止まった。坂の下、本牧ふ頭の方角の夜景がきれいだった。

「これ、覚えています。この道を如さんと逃げたよ」

「そのあとどうなった?」

「東京に帰って、如さんのところにいった」

「あの池袋の事務所か」

「ちがう」

青珠の顔がひきつっていた。

「如さんの家。どこかは知らない。でもそこに日本人がきた」

「日本人? 中国人じゃなくて」

青珠は頷いた。

「如さんとわたしつかまった。そう、〝蛇〟のこと喋れ、といわれて、如さんが殴られた」

青珠は顔をおおった。

「わたし、見てろといわれた。お前も〝蛇〟のこと喋らないとこうなる。恐かった。お父さんも死んだ。わたし、恐くて失神したよ」

「それで記憶を失くしたのか」

「気がついたら病院にいて、ゴローがきた」

それが本当なら、青珠は〝蛇〟の行方を知らない。

ただなぜ、日本人がでてくるのか。周恵華が働くデートクラブ「夕霧」の社長、倉田だろうか。やくざ者は金の匂いに敏感だ。青珠の替え玉の話を知り、羊や干と組んだのかもしれない。

「じゃ、親父さんが死んでいたのは、このホテルなんだな」

「本牧ベイサイドホテル」の前で立ち止まり、甲賀は訊ねた。青珠は小さく頷いた。

五階だての細長い建物だ。外装は古びていて、「ホテル」という、赤くて小さなネオンが入口に点っていた。

頭上でガラガラというガラス戸を開ける音がした。何げなく上を向いた甲賀は、三階の窓から首をつきだした男と目が合った。坊主頭の、いかにもガラの悪そうな奴だ。

青珠をうながして歩きだそうとすると、声が降ってきた。

「おい、お前！」

嫌な予感がした。このところ当たりっぱなしの予感だ。

「ちょっと待て、こら」

無視して足を速めた。急いで車に戻った。乗り込み、エンジンをかけると、「本牧ベイサイドホテル」の駐車場からタイヤを鳴らして急発進してきたレクサスがアリストの前を塞いだ。

甲賀は舌打ちした。青珠の記憶が戻ったのはいいが、まんまとクモの巣にひっかかってしまった。

レクサスのドアが開き、がたいのいい男三人が降りてきた。全員、チンピラやくざの制服――スポーツウエアを着ている。

「おら、待てつったのになんで逃げんだよ」

怒鳴ったのは、助手席からでてきた坊主頭だ。

「青珠、待ってろ」

甲賀はいって、運転席のドアを開けた。

「いこう」

「何か問題でもあるのか」

やくざ者の相手なら多少は経験がある。ただし現役の刑事だった頃だが。

坊主頭はそれには答えず、青珠に顎をしゃくった。

「おい、助手席の女、ちょっと降ろせや」

「あんたには関係ないだろう」

「あるよ。うちの叔父貴から捜せっていわれてる、バンス踏み倒したホステスに似てんだよ」

「あの子はホステスじゃない」

「いいから顔見させろよ。ちがったらいかせてやっから」

甲賀は首をふった。

「断わる」

「手前《てめえ》、ぶっ殺すぞ」

坊主頭がすごんだ。

「今、あの子に一一〇番させた。すぐ警官がくる」

「何だとこの野郎」

坊主頭が甲賀の襟首をつかんだ。まさか手をだすまいと思っていたが甘かった。膝蹴りを腹にくらい、甲賀は身を折った。三人は甲賀を囲んだ。

「ゴロー」

青珠がドアを開け、呼びかけた。

「くるな」

いったとたん頬を殴られ、ひっくりかえった。靴先が飛んでくる。顔をかばい、肩や背中にくいこむ衝撃に呻きがもれた。

「兄貴、やっぱりあの女です。写真と同じだ」

チンピラのひとりがいった。甲賀は立ちあがった。せいいっぱいの威厳をこめて怒鳴った。

「お前ら、どこの組だ？　誰に手をだしてんのか、わかってんのか」

「うるせえ、お前が何者だろうと知っちゃいねえ。ぶっ殺して横浜港にほうりこむ」

首をつかまれ、アリストのボンネットに額を叩きつけられた。目がくらみ、尻もちをついた。

青珠がとびだしてきた。

「ゴロー、大丈夫⁉」

「駄目だ、こっちくるな」

「おう、お前」

坊主頭が青珠の腕をつかんだ。それをふりはらい、恐しい顔で青珠は坊主頭をにらみつけた。

「何だ、この」

一瞬、気圧《けお》されたように坊主頭はいった。

「ゴロー、わたし戦っていいですか」

青珠が低い声で訊ねた。痛む額に手をあて、甲賀は頷いた。

「任せるよ」

ハァッという気合が青珠の口から吐きだされた。上体を深く折り、まっすぐつきだされた右脚が坊主頭の胸に命中した。坊主頭の体がふっとんだ。

「あっ、手前！」

つかもうとした次のチンピラの腕をはらい、青珠は広げた膝を折って体を沈めた。次の瞬間、右の拳がチンピラの顎の下をつきあげる。棒のようにチンピラはぶっ倒れた。

さっと右手をうしろに引き、左の拳を前につきだし、青珠は前進した。最後のチンピラの爪先を踏みつけ、体を回転させながら腕をふった。チンピラは仰向けに倒れた。

「こ、この野郎」

よろよろと立ちあがった坊主頭めがけ、青珠の体が宙を飛んだ。右膝が坊主頭の顔面に激突し、甲賀は思わず顔をそむけた。ぐしゃっという音がした。

倒れた坊主頭の上に着地した青珠は甲賀に駆けよった。アリストのバンパーにつかまり、ようやく体を起こしたところだった。

「危いっ」

立ちあがって背後からつかみかかろうとしたチンピラを、ふりかえりもせず青珠はムチのようにしならせた脚で蹴り倒した。

瞬く間に三人のやくざ者は路上に転がっていた。

「お前って」

いったきり甲賀は言葉を失った。

「わたし、決めたよ。如さん殺されたとき、恐くて戦えなかった。でも今はちがう。ゴロー殴られたままにしない」

決意のこもった口調で青珠はいった。目に強い光があった。

甲賀は倒れているチンピラに歩みよった。ぐずぐずはできない。が、訊いておくべきことは訊いておかなければ。

「おい、お前、どこの組だ」

「し、知るかっ」

かたわらの青珠を見やった。青珠が無言でチンピラの手首をつかみ、逆にひねった。チンピラの体がのたうった。

「手首折ります。次、指一本ずつ」

「ふ、藤井組」

甲賀は目を閉じた。最悪だ。藤井組の縄張りは確かに東京南部から横浜にかけてだ。五反田もその縄張りのうちに入る。

そして駿河のバックについている。あまたある東京の暴力団の中で、甲賀がもっともかかわりたくないのが、藤井組だった。

17

帰りは甲賀が無口になった。青珠はどこかふっ切れたような、明るい表情だ。

「今度はゴローが静かね」

「ああ」

最悪の可能性。頭が切れて、執念深く、甲賀の弱みを知りつくした男が、この件にかかわっていること。その駿河はいつも影のように、麻矢のそばにいる。

麻矢が電話をよこし、甲賀と会ったのは偶然ではなく、駿河の指示だったのではないか。

有頂天になっていた自分が情けなくも哀しい。

新宿で会ったとき、甲賀はあえて駿河の話をしなかった。麻矢と駿河のかかわりのせいで警官を辞める羽目になった甲賀の、意地であり、麻矢に対するやさしさのつもりだった。

だが、そんなものに何ひとつ意味はなかった。

麻矢は結局、いつまでたっても駿河のあやつり人形なのだ。そのあやつり人形にいいようにふり回されているのが自分だ。

間抜けを通りこして滑稽《こっけい》ですらある。これが他人なら。

まだ決めつけるには早い。麻矢と駿河が今でもつながっているという証拠はないのだから。

どこまでお人好しなんだ。つながっていないのなら、そして本気で麻矢が甲賀に惚れていたなら、とっくの昔に連絡をしてきた筈だ。このタイミングで電話をしてくるなんて、どう考えても偶然のわけがない。

如を殺したのは、藤井組の連中だ。藤井組は、五反田のデートクラブ「夕霧」にからんでいるのだろう。裏風俗はほぼすべてが、暴力団の資金源《シノギ》になっている。「夕霧」が藤井組の経営で、そこに中国人の女を仕込む関係で羊とつきあいが生まれ、発展して中国マフィアと藤井組の合同チームが〝蛇〟を追いかける流れができたのだ。

まさに蛇の道はヘビだ。百パーセント確実に、駿河はこの〝蛇〟を追うチームに加わっている。

麻矢を甲賀に接触させた目的は、〝蛇〟のありかを知っているかどうか、あるいはすでに手に入れているかどうかを探らせるためだ。

青珠のせいではまりこんだ泥沼は、今や甲賀自身の泥沼となりつつあった。

相手が中国人だけならまだしも、やくざまでできたとなると、簡単にはすまない。青珠の兄の新豹を恐れて中国人がひっこんだとしても、藤井組と駿河は決してあきらめないからだ。

助かる道はふたつしかない。

ひとつは〝蛇〟を見つけ、渡すこと。もうひとつは、警察に駆けこむこと。

中国人にとって日本の警察は恐しくないが、やくざにとっては天敵だ。ただし半端な証拠しかなかったら、警察は藤井組まで捜査の輪を広げない。そうなれば甲賀は逮捕され損どころか、口を塞がれる危険すら生じてくる。

藤井組のチンピラが青珠を追いかけ回しているのは、〝蛇〟のありかを知りたいだけではない。如を殺したのが誰なのかを知られているのが最大の理由だ。

「考えごとですか」

青珠がいった。

「俺はもう駄目だ」

愚痴がでた。青珠は目を丸くした。

「どうしてです。さっき、新豹兄さんがくるといったら、すごく喜んでいたのに」

「相手は中国人だけじゃないってわかった。最悪の奴が中国人と組んでる」

「最悪？」

「青珠にいってもわからないだろうけど、駿河って男だ。そいつのせいで俺は警官を辞める羽目になった」

青珠は黙った。やがて訊ねた。

「さっきのガラの悪い人たち、その駿河の仲間ですか」

「そうだ。藤井組ってやくざだ。駿河は組員じゃないが、藤井組のチンピラを動かせる立場にある」

「ゴロー、その人恐いですか」

「恐い？　それは奴がチンピラを連れて乗りこんできたら恐いが、そうじゃなけりゃ恐くない」

駿河は腕っぷしに訴えるタイプではない。陰険で、人の弱みにつけこむのが得意だ。

「憎いですか」

「そうだな。大嫌いだ。なんていうか、青珠、ゴキブリ嫌いか」

「嫌いです」

「そんな感じだ。見るのも嫌、というか」

青珠は再び黙った。

甲賀はウィンカーをだし、ハンドルを切った。羽田で首都高速を降りる。

運転するのも嫌になっていた。佐々木のところに戻るのもためらいがある。

佐々木は今は駿河と切れている筈だ。少なくともこの二年、駿河の名を佐々木の口から聞いたことはない。だとしても、今は駿河とかかわりのあった人間と話すのすら嫌だった。

「佐々木ん家《ち》に戻っても泊まるわけにいかないんだ。そのへんのホテルにでも入ろうと思ってさ」

「どこいくですか」

「ゴローの家、まだ帰れないですか」

「絶対に帰れない」

いってから思いだした。麻矢は、「錦糸町まで遊びいっていい?」と訊いた。

どうして甲賀が錦糸町に住んでいると知っていたのか。引っ越したのは、麻矢と別れたあとだ。新しい住所を駿河なら調べられる。

麻矢と駿河がつながっているという、確かな証拠に気がついてしまった。

甲賀はため息を吐き、唇をかみしめた。

酒が飲みたい。

目についたラブホテルにアリストをつっこんだ。

部屋に入り、冷蔵庫から缶ビールをだした。缶ビールの他にワンカップの日本酒もある。それも飲んでやる。

青珠はベッドにすわり、甲賀を見つめている。

「寝ろよ」

甲賀はいった。

「まだ眠くないです」

「じゃ、勝手にしろ」

青珠はテレビのリモコンに手をのばした。にぎやかな笑い声が弾けた。画面にお笑いタレントと頭の悪そうな女が映っている。

「うるさい」

甲賀がいうと、青珠は無言でテレビを消した。

またため息を吐き、ビールを呷《あお》った。

青珠が立ちあがった。甲賀の前をよこぎり、バスルームに入った。やがてシャワーの水音が聞こえてきた。

缶ビールが空いた。まだビールはあったが、甲賀はワンカップをだした。ウイスキーが飲みたかったが、冷蔵庫には入ってない。

いつのまにか水音が止んでいた。備えつけのバスローブに着替えた青珠がバスルームからでてきた。

甲賀の向かいにすわった。いきなり飲みかけのワンカップに手をのばす。

「何だよ」

「わたしも飲みたいです」

「だったらビールにしろよ」

「どうしてです？　ゴロー、これが好きですか」

「こっちのが酔えるんだ。でも冷蔵庫にあと一本しかない」

いいながら、せこくて嫌になった。

「酔いたいですか」

「うるせえな」

甲賀は青珠をにらんだ。

「勝手だろう」

青珠は見かえしてきた。

「なに怒ってるですか」

「最悪だよ、何もかも」

甲賀は酒を流しこんだ。青珠が立ちあがった。バッグから小銭をだし、冷蔵庫に入れてビールを抜いた。かがんだ拍子に、バスローブのすそから太ももがのぞいた。まっ白だがひきしまった太ももだ。

甲賀は目をそらした。

青珠は缶ビールの栓を開けた。口につけ、ひと口飲んだ。

「よう」

青珠が甲賀を見た。

「やるか」

「何をですか」

「決まってるだろう。男と女がラブホテルにいるんだからよ」

青珠は首をふった。

「嫌です」

「何だよっ」

甲賀は怒鳴った。

「なに気どってんだよ。お前はよ、俺に結婚してもらった女だぞ。日本にきたくて、金で結婚してもらったくせに、なんで嫌なんだ」

青珠はまじまじと甲賀の顔を見つめた。

「ゴロー、他の女のこと考えてる。わたしのこと好きなら、セックス、いいです。でも他の女のこと考えてる」

「なんでそんなことわかるんだよ」

「さっき、ゴローでかけたは、女の人に会いにいった」

「佐々木がそういったのか」

「ちがう。わかったよ。好きな女の人に会うときの顔、中国人も日本人も同じ」

にやついていた、ということか。

「帰ってきたとき、ゴローとても嬉しそうだった。わたしわかったね。ゴロー会ったの、昔、好きだった女の人。警官辞めたときに好きだった人ですか」

勘のよさに驚いた。

「ああ」

甲賀は短くいって頷いた。

「今、お酒飲みたいのは、その女の人と関係あるですか」

「ああ」

「ゴロー、だまされてたですか」

「その通りだよ」

甲賀はいって立ちあがった。青珠にまで見透かされるほど、大甘の間抜けだったわけだ。

トイレで小便をした。前のめりになり、壁に手をついた。欲望は消えていた。そこまで見抜かれているのに、セックスしようともちかけた自分が惨めだった。

トイレをでた。部屋の明りが暗くなっていた。ソファに青珠の姿がなく、ベッドの毛布がふくらんでいる。

甲賀はソファにすわった。新しいワンカップを冷蔵庫からだした。

「ゴロー」

「なんだ」

「こっちきて下さい」

青珠がいって、毛布をめくった。全裸だった。甲賀はそれを見つめた。

「嫌じゃなかったのかよ」

「今、ゴロー、ちがう。その女の人のこと考えてない」

甲賀は目をみひらいた。その通りだった。

「ああ」

「だからセックスする」

甲賀は黙った。青珠がつづけた。

「わたしとゴロー、本当の夫婦じゃない。でもゴロー、わたしに親切」

「親切にしたからセックスさせてやるってのか」

「ちがう。ゴロー、今悲しいです。悲しいゴローとセックスするのは、わたしの親切」

甲賀は思わず吹きだした。

「初めてだ。親切でセックスさせてやるっていった女」

「おかしいですか」

「親切でやらせてやるっていうくらいなら、好きだからやりたい、っていうくらいの気をつかえよ」

「気をつかえ？」

「嘘をつけってこと。そのほうが、俺が気持よくできるじゃないか」

「わたし、ゴロー好きです」

「そうそう、そういう感じだ」

青珠が黙った。

「どうした？　もっと嘘をつけよ」

毛布が戻った。裸身が消えた。青珠が背を向ける気配があった。

「怒ったのか」

返事はない。

「なんだよ、勝手にやろうっていっておいて、急に怒るなよ」

いいながら気づいた。青珠は本気でいったのだ。

何度めかのため息だ。

「悪かった。ごめん」

「ゴロー、馬鹿です」

くぐもった声だった。

「ああ、馬鹿だ。信じられないくらいの大馬鹿だ」

いいながら、なんでこんなに素直なんだ、俺は、と思った。女にあやまるなんて、うまくできたためしがなかったのに。

たぶん青珠の日本語のせいだ。核心しかいわないから、こちらもいいつくろえない。

青珠は黙っている。次にしなければいけないことが何なのか、さすがの甲賀にもわかった。

だから、そうした。

18

電話の振動音で目が覚めた。午前七時十二分とベッドサイドの時計が表示している。

「はい」

「わたし、王新豹《ワン・シンバオ》です」

男の声がいった。甲賀ははね起きた。隣で青珠が身じろぎした。妙にバツの悪い思いをしながら答えた。

「甲賀です」

「甲賀さん。宋丹《ソン・タン》がお世話になっています」

ぎこちない喋りかただった。宋丹？　誰だと考え、青珠の本名と気づいた。

「いいえ。こっちこそ」

「そこに宋丹いますか」

「えっと、ちょっと待って下さい」

立ちあがり、電話をテーブルにおいてから青珠をゆすった。

「青珠、青珠」

青珠は目を開けた。笑顔を浮かべる。初めての夜を過したあとに浮かべる女の笑顔ほどかわいい笑顔を、その後見なくなるのはどうしてだろう。まるで関係のないことを、甲賀はふと思った。

「兄ちゃんから電話だ」

青珠は小さく頷き、甲賀の口に軽くキスをして起きあがった。服の上からはわからなかった、驚くほど豊かな胸が毛布の下からとびだす。

甲賀は携帯電話を手にした。

「今、かわります」

青珠にさしだす。耳にあてた青珠が、

「喂《もしもし》」

というのを聞きながら、甲賀は青珠の乳房をまさぐった。まっ白で形がいい。これまで抱いた、どの女より大きく、きれいだ。

青珠は身をよじったが話しつづけた。

「新豹兄さん、十二時三十分に日本にきます」

電話を切ると、いった。

「十二時半。すぐだな」

「はい。ナリタじゃなくハネダといいました」

「羽田？　じゃ、このすぐ近くだ」

「迎えにいきますか」

「いこう。だけどまだ早い。もうひと眠りしてからでも間に合う」

青珠は甲賀を見つめた。

「新豹兄さんきたら、ゴロー大丈夫ですか」

「大丈夫かどうかなんてわからない。だけど何とかなる可能性はでてくる」

問題は、駿河と藤井組だった。

「青珠のパスポートはどこにある？」

「お父さんに会いにいったとき、もってました。マンションのカードキィも」

「カードキィ？」

「わたしが連れていかれそうになったマンション」

勝どきのタワーマンションのことだ。

「じゃあ全部とりあげられたんだな」

「わからない。覚えてない」

所持品をすべてとりあげられたのに、外国人登録証明書だけをもって逃げだせたというのも不思議だった。

「パスポートがあれば中国に帰れるのに」

甲賀はいった。

「兄貴が飛行機代はだしてくれる」

「わたしまだ中国帰らない」

甲賀は耳を疑った。

「なんで⁉　中国に帰れば、もう恐い思いをしなくていいんだぞ」

「わたし日本が好きです。上海帰りたくない。それにお父さん死んだ。日本にいても嫌なことない」

「いや、あいつらがいるだろうが。〝蛇〟を手に入れるまで、青珠を追いかけ回すぞ」

「それは新豹兄さんが話、します。兄さん怒ってるね。わたしをいじめたの、お父さんを裏切ったのと同じ。許さない」

心強い言葉だ。だが駿河や藤井組にまで、新豹の威光は通じるだろうか。干たちが手をひいても、それなりの獲物を得るまでは藤井組はあきらめないような気がした。

「わたしゴローといる。ゴローもそのほうが安心」

青珠はきっぱりといった。

「ちがう」

「ちがう？」

「青珠を追いかけているやくざ、あいつらは如を殺したところをお前に見られている。だからお前の口を塞ぎたい。たとえ中国人はひっこんでも、あいつらはあきらめない」

「戦うよ」

甲賀は頭を抱えた。

「いいか。それは青珠は強い。けれど相手が何人もいて、ピストルとかもってきたらどうする」

青珠は甲賀を見た。

「ゴロー、ピストル撃てるか。警官だったたなら撃てるね。新豹兄さんピストル用意できるよ」

「ちょっと待て、なんでそうなる。嫌だよ、俺は。ピストルなんていらない」

「わたし戦う。ゴローも戦う」

「なんで？　どうして!?」

甲賀はまじまじと青珠を見返した。撃ち合いなんて冗談じゃない。撃たれないですんだとしても、実刑は絶対逃れられない。

「わたしたち夫婦」

「それは形だけだ」

「ちがう。きのうの夜、わたしたち本当の夫婦になった」

「いや、あれは……。お前、ちょっと待てよ」

「わたしゴローを好きだといった。ゴローは好きじゃないのにわたしとセックスしたのか」

「そ、そうじゃない。そうじゃないけど」

甲賀はしどろもどろになった。やってしまった。また曲がり角を悪いほうにいってしまった。

青珠の目は厳しかった。

「はっきりしなさい。ゴロー、わたしのこと嫌いか」

「嫌いじゃないよ」

「さっき兄さんにわたし話した。ゴローはとても大切な人。だから守って下さい。それ、まちがいか」

「おい！」

大切な人じゃなかったらどうなる。裏切り者を粛清する前に血祭りか。

「脅迫する気か」

「ちがうよ。ゴローの気持知りたいだけ。わたしいろんなこと忘れてるとき、ゴローだけが頼りだった。ゴロー、やさしくしてくれたから好きになった。今、いろいろ思いだしたね。そうしたらもうゴロー、必要ないか。ちがう。ゴロー、わたしに必要。だけどゴローはどう思ってるかわからない」

「それはだな、確かに最初は、青珠には俺しかいないから助けた。けれどいろいろ思いだし、兄貴もきてくれる。もう、俺はいなくても大丈夫だ。そういうことだよ」

「ゴローの気持はないのか」

「あるよ。青珠のことをどう思ってるかだろ」

何とも思ってないといわなければ駄目だ。さもないと新たな泥沼にはまる。

青珠の目は真剣だ。その澄んだ瞳を見ていると何とも思っていないとは、いえなくなった。

「好きだ」

やっちまった。

「本当ですか」

「本当だ。ただ、わかってくれ。本物の夫婦になれるという自信は、まだない」

「いいです。時間かかります」

「時間かかりますって、お前」

「わたしは日本に住みます。ゴローといる。本物の夫婦になれる」

「とにかくさ、その件は今話し合わなくてもいいだろう。それと、さっきの戦うって話だけど――」

青珠がにこっと笑った。

「あれは嘘。ゴローをテストしたよ」

「テスト?」

「本当にピストル撃ったら、わたしもゴローも、牢屋に入れられるね。だけどこれからも日本で暮らすなら、わたしを捜してる悪い人たちをどうにかしないといけない。特に、ゴローが大嫌いな、駿河という人」

「何とかするってどうするんだ」

「きのう、ゴキブリとその人のことをいいました。ゴキブリを嫌いな人はふた通り。ゴキブリ見る、キャーといって逃げる。嫌いだから、恐いけどバン、と叩く。ゴロー、前は逃げました」

「なんでわかるんだよ」

「そういいました。その人どうなりましたと訊いたら、どうもならなかった、と。それは逃げたと同じです」

その通りかもしれないが、当事者でもない青珠にいわれるとむっとする。だがいいかえす前に、青珠はつづけた。

「でもそれは昔のこと。今度はちがう。駿河をバン、と叩く番」

「そんなに簡単にいくか」

「お兄さんが助けます。大切な妹の、大切な人。きっと助けてくれる」

どんな助けかたをするというのだ。甲賀はかえって不安になった。

羽田空港に乗り入れる国際線の数がまだそれほど多くないせいだろう。着陸して三十分もしないうちに、青珠の兄、新豹は到着ロビーに現われた。

「あれが新豹兄さん――」

いって青珠が声をかけたのは、黒い革のジャケットにブランドものと覚しいジーンズをはいた、長身の男だった。髪を短く刈り上げ、サングラスをかけている。ジャケットの下はTシャツだが、分厚い胸で、鍛えているのがひと目でわかる体つきだ。

兄妹は向かいあうと、手をとりあった。甲賀は一歩退いて、それを見守った。気づくと、黒いスーツを着けた男が二人、新豹のうしろに立っている。無表情だが、あたりに目を配っていた。

青珠が甲賀をふりかえった。新豹がサングラスを外した。切れ長の澄んだ目と、女のように整った顔立ちをしている。モデル並みの二枚目で、甲賀はあっけにとられた。

新豹は甲賀の手をとった。

「妹がお世話になりました。謝々《シエシエ》、ありがとう」

「いやいや。あんまり早くこられたので驚きました」

あたりを見回し、新豹はサングラスをかけた。甲賀の背に手をかける。低い声でいった。

「歩きながら話しましょう」

「じゃ駐車場に車があるんで、そっちで」

窮屈だが、五人なら何とかアリストに乗れる。三人とも、小さなキャリーバッグしかもっていなかった。

車に乗りこむと、新豹は中国語で青珠と話しだした。連れの二人はずっと無言だ。二人は新豹より年がいってそうで、ひとりは甲賀よりも年上に見えた。

兄妹の会話は、ときおり激しい調子になりながら十分近くつづいた。

甲賀はそれを待った。最初がかんじんだ。

やがて青珠がいった。

「ゴロー、マンションにいって下さい。兄さんは、お父さんの部屋が見たいそうです」

「わかった。だが鍵はあるのか」

助手席にすわった新豹がジャケットからルイ・ヴィトンの財布をとりだした。その中からカードを抜く。

「これ、あります」

「じゃ大丈夫だ」

甲賀はいって、エンジンをかけた。

空港をでて首都高速に合流する。レインボーブリッジにさしかかると、新豹が口を開いた。

「日本にくるのは久しぶりです。前はナリタエアポート、とても遠かった。今は、朝九時の飛行機に乗って、一時には東京にきます」

「そう。ここはもう、東京だ。というか、羽田空港が東京にある。成田は東京じゃないからな」

「知っています。千葉県。わたし、日本に留学していたとき、松戸にいました」

「いつ頃の話だい」

新豹は黙った。数えているようだ。

「六年前です。父はとても厳しくて、日本語話せるようになるまで、帰ってくるなといいました。でも日本にいたとき、わたし楽しかったです。いろいろなアルバイトをしました。二年、日本にいて、上海に帰ったら、びっくりするほどかわっていました」

汐留《しおどめ》で首都高速を降り、勝どきに向かう。

「わたしが今、日本にきたのは、父を裏切った人に報《むく》いるため」

甲賀は黙っていた。

「父は、日本が好きでした。リタイアして、日本で静かに暮らしたかった。わたしはもうちょっと上海にいてほしかった。ビジネスのこと、まだわからない」

「お父さんらしい死体が、横浜港で見つかっている。警察にいけばひきとれるかもしれないが……」

「いいです。父はこのまま、大好きだった日本で葬《ほうむ》られる。上海では、父の死んだこと誰も知らない」

「それじゃいろいろ面倒じゃないのか」

「日本にくるとき、全部わたしに任せていった。だから大丈夫」

新豹は淡々といった。

「なあ、〝蛇〟のことを青珠、じゃなかった、えーと――」

「いいです、青珠で。青珠も日本で生まれかわります。しばらく上海はにぎやかになりますから、青珠は上海にいないほうがいい」

「にぎやか？」

「新しい老大にわたしがなるの、嫌な人もいます」

甲賀は思わず新豹を見た。抗争が始まるという意味か。

「嫌な人はでていけばいい。わたしはファイトは嫌いではないです。でもそれをすると、警察が喜ぶだけ。父は、警察にたくさんお金を渡していました」

「だろうな」

「〝蛇〟のこと、わたしも知りません。〝蛇〟を集めるの、父の趣味。興味なかったです」

「あんたは何年生まれだ」

「一九七七年」

「巳年だな」

新豹はちょっと驚いたように甲賀を見た。

「同じ巳年なのに、興味ないのか」

「自分の生まれの動物集めるのは、年をとった人です。わたしが好きなのは、ポルシェ、ルイ・ヴィトン、ロレックス」

にやりと笑った。

勝どきに着いた。近くのコインパーキングにアリストを止め、五人はマンションに向かった。

歩きながら青珠が新豹に話しかけ、カードキィを受けとった。エントランスの自動扉をくぐると、広いロビーの奥に別の大きなガラス扉がある。そのかたわらのセンサーに青珠がカードをかざした。ガラス扉が開いた。

扉の向こうはエレベータホールだった。何基ものエレベータがあって、行先階で乗り場が異なるようだ。

「こっち」

青珠がいって二列目のエレベータの前に立ち、ボタンを押した。十八階は、このマンションでは中層階にあたるようだ。

エレベータを降りると広い廊下を進んだ。建物はコの字形で、廊下の内側は高い手すりの向こうが吹き抜けになっている。ワンフロアに十室以上はあるだろうが、建物の中は静かだ。

一八〇二号室の前で青珠は立ち止まった。表札はでていない。ドアホンのかたわらに、ロビーにあったのと同じようなセンサーがあった。そこにカードをあて、ドアノブをつかんだ。

ドアが開いた。

最初に青珠が、次に新豹、甲賀、ボディガードの二人の順で、部屋に入った。いきなり二十畳はあるリビングルームと、隅田川の景色が目に入った。リビングには長椅子やマッサージチェアがおかれ、壁ぎわに大きな壺や水墨画が配されている。甲賀は思わずため息を吐いた。今まで見た、どんなマンションより広くて豪華な部屋だ。

なのに青珠は当然としても、新豹も驚いた表情を浮かべていない。

こいつらどれだけ金持なんだ。上海ではもっとすごい部屋に住んでいるのか。

青珠は、あとは任せるというように、さっさと長椅子に腰をおろした。

新豹はリビングの中央に立ち、部屋の中を見回している。

「〝蛇〟はないのか、ここには」

甲賀は青珠に訊ねた。青珠は首をふった。

「ゴローがいったような〝蛇〟は見たことないよ」

甲賀は室内を見渡した。窓ぎわに凝った木製の飾り棚があった。鳳凰の彫刻があって、小物がいくつか並んでいる。

甲賀は歩みよった。漢詩のような文字の並んだ石盤の上に、赤い玉のおきものがふたつおかれていた。ひとつは如の事務所で青珠が拾ったのとまったく同じ蛇の細工で、もうひとつが猿の細工だ。赤い玉の上に猿がすわっている。

「〝蛇〟はそれくらいだよ」

甲賀は手にとった。ブリキの枠の中にあるのは、佐々木のいった通り瑪瑙の玉だ。

「青珠の生まれ年の玉を見せてくれ」

「今、ゴローがもっているのがそう」

「え？」

甲賀は青珠をふりむいた。

「そこにある猿がわたし。蛇がお父さん」

「誰がおいたんだ?」

「わたし。ここを買ってすぐ、お父さんが縁起のいい日に、そのふたつをおきなさいといったよ」

微妙な違和感が甲賀の胸に生まれた。

「向こうの部屋、見ましたか」

新豹がいった。

「いや」

「見ましょう」

リビングに接して、三つの部屋がある。ひとつは書斎で、あとの二つがベッドルームと何もおかれていない部屋だった。

書斎には机と本棚、それに書類キャビネットがある。本棚には、王が中国から送らせたらしい本が詰まっていた。

甲賀と新豹は、机のひきだしや書類キャビネットを調べた。ほとんど空っぽだ。

「青珠、このマンションの権利証とかはどこにある?」

「こっち」

甲賀が訊くと、青珠は何もおかれていない部屋に入った。フローリングの八畳ほどの部屋で、カーテンとエアコン以外何もない。

「ここ」

青珠は窓の上にはめこまれたエアコンを示した。

「このカバーの中です」

甲賀が爪先立ちになってカバーに手をかけると、うしろから新豹が手をのばした。楽々とカバーをとりはずす。

ばさっと音をたてて、封筒が床に落ちた。

新豹が拾いあげ、甲賀に渡した。中に入っていたのは、何冊もの預金通帳やキャッシュカード、マンションの権利証などだ。

「見ていいか」

甲賀の問いに青珠は頷いた。甲賀は通帳の一冊を開いた。残高に「10038925」と打たれている。一千三万。

別の通帳を見た。百四十万入っていた。もう一冊には三百五十万。三冊あわせて一千五百万近い預金だ。

三百五十万の通帳には、毎月五十万の振込があった。振込主は「ムナカタフィナンシャルプランニング」。五月二十五日からきっちり七回入っている。順当にいけば、明日には残高は四百万になる筈だ。

通帳の名義はすべて「李青珠」だ。

「これは親父さんの金か」

青珠は頷いた。

「お父さん日本にきて暮らすお金」

新豹が手をだした。甲賀は通帳を渡した。さして興味もなさそうにぱらぱらと見ている。やがて青珠に手渡した。

「父は贅沢じゃなかった。このお金あれば一年は暮らせます。もっといるときは、わたしが運んでくる」

「一年で一千五百万使う暮らしを贅沢じゃないといわれたら、俺は超倹約家だな」

甲賀はいった。誰も笑わない。新豹がいった。

「上海には、父の名義のビルが五つあります。どれも、このビルより大きい」

甲賀は口を開けた。開けただけで、でる言葉はなかった。

「〝蛇〟ないね。杜さん、どうしますか」

青珠が甲賀を見た。

「杜さん？」

新豹が訊き返した。

「俺の友だちだ。杜英淑。たぶん干ていう中国人につかまっている。あんたらの親父さんがもってた〝蛇〟と交換する、といわれた」

「干、知っています。父の援助で、日本でビジネスしている」

新豹の顔が険しくなった。

「英淑は、如という男の紹介で干と知り合い、干の日本でのビジネスを手伝ってた。青珠と俺が結婚したのは、如を通して干が結婚相手を捜していたからだ」

新豹は頷いた。

「父が引退して日本に住みたいといったとき、わたしが妹を先に日本にいかせましょうといった。父は敵が多い。妹が別の人になって日本にいれば、父のことをいつでも世話できます」

「じゃ、あんたのアイデアだったのか。別人にしたてて偽装結婚させるというのは」

「はい」

甲賀は青珠をふりかえった。

「青珠はそれでよかったのか」

「お父さんがとてもいいといった。お父さんは、新豹兄さんとわたししか信じない。だから、わたしはそうするしかなかった」

青珠が低い声でいった。

「父とちがって、妹はいつでも中国に帰れます。父のビジネスを任されたわたしは、いくらでも妹にお金渡せる」

明るい表情で新豹はいった。

「さっきもいいました。父の引退を皆が知れば上海はにぎやかになります。妹は上海にいないほうがいい」

「なるほど。妹思いだな」

上海にある王の全財産をひとり占めもできるしな、と心の中で甲賀はつけ加えた。

「甲賀さん、わたしは父の財産をもっと大きくします。ビルだけじゃない。工場やショッピングモールにも投資する。父とはちがうビジネスで成功する」

投資という言葉で思いだした。

「宗という台湾出身のビジネスマンを知っているか」

「はい。妹の、日本で働く会社をやっています」

「あんたが頼んだのか、それを」

新豹は頷いた。

「宗は干とはちがう。わたしのビジネスパートナーです。それより――」

甲賀を見つめた。

「あなたのお友だちを助けましょう。〝蛇〟はないけれど、ここにあるお金をあげる、と干にいって下さい」

「いいのか、本当に」

「わたしが日本にきたこと、干は知りません。会えばびっくりします。呼びましょう」

新豹はいって肩をすくめた。甲賀は携帯電話をとりだした。殺し合いになりそうだったら、逃げだすつもりだった。

青珠の記憶が戻ってきたのと新豹の説明で、いろいろなものが見えてきた。だがひとつだけひっかかっていることがある。

「干を殺す気じゃないだろうな」

「父の死んだ責任は、干がとります」

眉ひとつ動かさず、新豹はいった。

「ここで、か」

新豹は考える顔になった。

「そうですね。それはあまりよくない。妹が困る」

「そうさ。ここは、あんたの妹の名義の部屋だ。それに干にも手下がいるし、日本人のやくざと組んでいる可能性がある。羊という男を知っているか」

「羊？」

新豹は首を傾げ、ずっと無言で立っているボディガードに中国語で話しかけた。年配の男が答えた。

「わたしは知りませんが、干の仲間にそういう男がいるそうです。それが？」

「日本の藤井組という暴力団とつきあいがあって、そこのやくざも〝蛇〟を捜している」

「ではこのお金は、やくざにあげましょう。干はどうせお金を使えなくなります。干にはひとりでくるようにいって下さい。ここにいる二人が干を連れていきます」

「どこにだ」

新豹は微笑んだ。

「甲賀さんも妹も関係ないところで、話をします」

それ以上の説明は聞かないほうがよさそうだ。

「わかった」

答えて、甲賀は英淑の携帯電話を呼びだした。

19

「はい」

応えた男に甲賀はいった。

「干さんをだしてくれ。甲賀だ」

「干さんて誰だ」

「とぼけるな。でかい金がからんでるんだ。早くかわれ」

新豹はにこやかな表情で甲賀を見ている。

「もしもし」

年配の男にかわった。

「まず英淑の声を聞かせてもらおう」

男は唸った。

「〝蛇〟は見つかりましたか」

「英淑が先だ」

男はぶつぶつと中国語で何かいった。やがて、

「もしもし!」

英淑の声が聞こえた。

「英淑か」

「ゴローちゃん!　助けて」

英淑の声がはねあがった。

「落ちつけよ。ゆっくりは話せないだろうから、先にこっちの質問に答えてくれ」

英淑と話すときに訊こうと思っていたことがあった。

「何?　何なの。ああ、もう。こんなところ嫌だよ」

「そこに日本人はいるか」

「いないよ!　中国人ばかり」

「お前をつかまえたのは干だな」

「そうよ。わたしだまされた。李青珠のこと教えるといわれて。ゴローちゃんが心配だったから横浜いったよ。そしたら――」

電話がひったくられるガサッという音がした。

「もういいでしょう。〝蛇〟どこですか」

「あんたひとりで英淑を連れてきたら渡す。あんたの手下は物騒だからな。必ずひとりでくると約束しなかったらお断わりだ。さもなきゃ、如を殺した犯人を知っていると警察に届ける」

「如さん殺したのは私じゃないよ。あなたまちがっている」

「そうかい、そうかい。で、ひとりでくるのか、こないのか」

「どこですか」

「あんたの銀座の店はどうだ。『紅龍飯店』」

そのほうが干は動きづらい筈だ。何かあれば、警察に疑われるのは干だ。

「店、まだ開いてません」

「何時に開く？」

「五時」

「じゃ五時に」

「店の人間がいます」

「あんたの店の人間の顔は知っている。それ以外の奴がいたら、取引はなしだ」

万一、藤井組や駿河が押しかけてきても、夕方の銀座では、荒っぽいことはなかなかできない。それは新豹やその部下にもあてはまる。とにかく目の前で撃ち合いとかそういうのだけはごめんだ。

「わかりました」

「あんたは英淑を。俺は〝蛇〟を。いいな」

「はい」

電話を切った。新豹を見ていった。

「ここから近い、銀座の、干のやっているレストランに奴を呼んだ。五時だ」

新豹は怪訝《けげん》な顔をした。

「干のやっているレストラン、ですか」

甲賀は頷いた。

「悪いが、あんたたちの殺し合いに巻きこまれたくない。夕方の銀座は人通りが多い。何かあったら、すぐにパトカーが飛んでくる」

新豹は息を吐き、首をふった。

「わかりました。干に責任をとらせるのは、別の日にします」

「そうしてくれ。青珠」

黙って聞いていた青珠が甲賀を見た。

「もとは親父さんのものとはいえ、青珠の預金を使わせてもらうがいいか」

「大丈夫」

青珠は頷いた。新豹が訊ねた。

「わたしはどうすればいいですか」

「その二人とどこか近くにいてくれ。こっちの話が終わる頃を見はからって、レストランに入ってくるといい。客のフリをして」

新豹は笑いだした。

「それおもしろいです。干、びっくりしますね」

甲賀は時計を見た。五時まで、あと三時間近くある。

「腹が減ったな。減らないか？」

明るい口調で新豹に訊ねた。

「少し減りました」

「何か、買ってこよう。近くにコンビニがあったな。サンドイッチみたいなものでいいか？」

新豹は微笑んだ。

「ありがとうございます」

ひとりで玄関に向かいかけ、甲賀はふりかえった。

「兄ちゃんたちの好みがわからないな。青珠、つきあってくれよ」

「はい」

「その通帳はおいていけ。落としたら大変だ」

青珠は頷き、リビングのテーブルに通帳をおき、甲賀についてきた。新豹とボディガードを残して、部屋をでた。

エレベータに乗りこむと甲賀はいった。

「兄さん、日本語うまいじゃないか。青珠より下手っていってなかったか」

「わたしも驚きました。新豹兄さん、きっと上海でも日本語勉強していたね」

「ところで、青珠が拾った蛇のおきもの、まだあるか？」

「はい」

青珠はジャケットからだした。リビングにあったものとまったく同じだった。

「これ、誰のかな」

「え？」

「だって親父さんのはあそこにあった。お前の猿といっしょに。じゃ、如の事務所に落ちてたこれは、誰のなんだ。英淑の話では如は戌《いぬ》年だったっていうし」

青珠は首をふった。

「わからないよ。わたしはあれをお父さんのだと思った」

「だが親父さんのじゃない。他に巳年といったら――」

「新豹兄さん……」

「もち歩いているか？」

青珠は首をふった。

「兄さん、いったように、古いものに興味ないです。お父さんからもらったけど、きっと上海の兄さんの家においてある」

一階についた。コンビニエンスストアは、歩いても遠くない。

マンションのロビーをくぐって外にでたとたん、甲賀は立ち止まった。

レクサスとベンツが車寄せにいた。ベンツのドアを開け、背の低い、とっちゃん坊やのようなスーツの男が降りたった。にやにやと胸の悪くなるような笑みを浮かべている。

「やあやあ、奇遇だなあ」

駿河は、気どった声でいった。

固まった甲賀を青珠がのぞきこんだ。

「誰？」

「ゴキブリだ」

小さい声で答えた。青珠は目をみひらき、駿河を見つめた。

「元気そうじゃない、甲賀ちゃん。麻矢から聞いてはいたけどね」

年は確か、甲賀と二つしかちがわない。なのに麻矢とセックスするときは必ず〝薬〟の世話になるらしい。糖尿の持病がある。

「そっちも元気そうですね。麻矢からは聞いてなかったけど」

皮肉をこめていった。

「あ、そう？　よろしくいえって麻矢にはいったのに」

心外そうに駿河は目を丸くした。そして青珠を見た。

「こちらは新しい彼女かな」

「知ってるでしょう」

駿河はにっと笑った。

「李青珠ちゃんだっけ？　よろしく」

青珠は無言だ。駿河は言葉づかいをかえた。

「何だよ、挨拶ひとつできねえのかよ。しつけがなってねえな。おお？」

青珠の体に力がこもった。

「おっとっと」

駿河はうしろをふりかえった。ベンツとレクサスから六人のやくざ者が降りてきた。

「ここで暴れちゃうのは、お互いマズくない？」

「何の用ですか」

青珠がいった。

「〝蛇〟だよ、〝蛇〟。見つけたのだろう」

甲賀は息を吸いこんだ。

「なるほどね。干が連絡したんだ」

「業務提携してるからね。うちと干さんとこは。さすが甲賀ちゃんだ。きっちり〝蛇〟を見つけた」

頭の芯で火花が散ったような気がした。なぜ持ちものすべてをとりあげられた青珠が外国人登録証だけをもって、保護されたのか。

「あんたの描いた絵図か」

「ん？　何のことかな」

「青珠が記憶喪失になっちまったんで、〝蛇〟のありかがわからなくなった。そこで青珠を錦糸町にほうりだした。外国人登録証には俺の名前が載っている。嫌でも俺は青珠の面倒をみなけりゃならない。そうなりゃ〝蛇〟を俺が捜すと踏んだのだろう」

駿河は嬉しそうに笑った。

「甲賀ちゃんは女にやさしいからね。絶対、彼女の面倒をみると思ったのよ。にらんだ通りだった」

「英淑もグルなのか」

「まさか。あのうるさい女に話したら、全部喋っちゃうじゃない。だから于さんにいって金を渡し、上海にいかせたのよ。予定より早く帰ってきたけど」

甲賀は首をふった。

「だがあんたらもマズったな。上海のボスを殺っちまった。殺し屋が押しよせてくるぞ」

「はあ？　何いってんの。王を殺ったのはそこにいるお姐さんだろうが」

駿河は一歩踏みだし、低い声でいった。

「俺らはそのお姐さんを助けてやったんだ。苦労して死体を運びだし、処分してやったのだからよ」

「そんないいわけが中国マフィアに通るもんか」

「本当さ。よほどすごい恨みがあったんだな。口の中に赤い石がつっこんであった」

「赤い石？」

「ブリキの蛇がくっついた玉だよ。同じ〝蛇〟でも例の〝蛇〟とはずいぶんちがうけどな。最初は隠すために王が口の中に入れたのかと思ったけど、とんだ安物だってんでがっかりよ」

甲賀は青珠をふりかえった。青珠は首をふった。

「わたし知らない。お父さん殺したの、わたしじゃないよ」

「赤い石は？　親父さんを見つけたときに気がつかなかったか」

「びっくりして、そんなことわからなかった」

再び駿河を向いて訊ねた。

「その赤い石だが、どうした」

「値打物かどうか調べさせたあとは、どうなったか知らねえよ。あれが何だってんだ」

「大事なことだ。上海の連中は、あんたらが王を殺ったと思ってる。そうじゃないと証明できるのが、赤い石だ」

「思いたきゃ勝手に思わせときゃいいだろうが。そんなもの恐くも何ともねえよ」

「如の事務所を調べたときに落っことしたのじゃないか」

「何をごちゃごちゃいってやがる。〝蛇〟はどこだ?」

「頼む! 教えてくれ」

駿河は目を丸くした。

「驚いたな。甲賀ちゃんが頼む、ときたか」

そしてにやっと笑った。

「〝蛇〟と交換でどうだ。〝蛇〟を渡せば教えてやるよ」

甲賀は息を吐いた。

「〝蛇〟はまだ俺の手もとにないんだ。だけど誰がもっているのかはわかった」

「何を今さらとぼけてやがる。〝蛇〟が見つかったから千に電話したのだろうが」

「英淑の身が心配だったから、少しでも時間を稼ごうと思ったんだ」

駿河の顔が険しくなった。

「おい、いい加減にしろよ。〝蛇〟を渡さなけりゃ、それこそお前ら、終わりだ」

「本当だ! 約束した五時までには手に入れる」

「ふざけたこといってんじゃねえよ。適当いって逃げる気だろうが、そうはいくか」

「俺が英淑を見捨てるわけないだろう。俺と英淑は……俺と英淑は……つきあってるんだ」

「はあ？」

「ゴロー！」

苦肉の策だった。だが駿河の驚きより、青珠のそれのほうが上回った。目が三角になっている。

「本当か、それ！　だから杜さん、怒ったのか」

駿河を無視して詰めよってくる。

「今まで黙ってて悪かった。だけど英淑を助けるためには、こうする他なかった」

しかたなく甲賀はいった。この場をとにかく切り抜けなければならない。駿河は英淑の身がどうなろうがかまわないのだ。

「ゴロー、それ、本当に本当か⁉」

青珠の目がぎらぎらと光っていた。甲賀は覚悟した。藤井組に殺されなくとも、青珠に殺される。小声でいった。

「いいか、もしこいつらに〝蛇〟を渡しちまったら、それきりだ。干たちには渡さずに消えちまう。そうなったら英淑はどうなる？　助けられない」

「〝蛇〟なんて、わたし知らないよ。どこにあるの」

「それをここでいえるわけないだろうが」

「いったほうがいいぞ、お互いのためには」

駿河がいった。

「だから五時に、『紅龍飯店』にもっていくっていっただろう」

「待てねえんだよ。車に乗れ！」

「英淑はどうなる⁉」

「女の命より自分の命を心配したらどうだ」

「嫌だ。英淑のためなら、俺はどうなってもいい」

「――――！」

青珠が中国語で叫び、甲賀の胸を突いた。さして力がこもっていたとも思えないのに、甲賀の体は吹っとんだ。エントランスに植えこまれた芝生にあおむけに倒れこむ。甲賀は息が詰まった。

「おいおい」

あきれたように駿河がいうのが聞こえた。だが青珠は甲賀の上に馬乗りになった。

「嘘吐き！　卑怯者！　馬鹿！」

甲賀の頬を殴った。

あたりが騒がしくなった。何ごとかと通行人が立ち止まって見ている。

「やめろ！　お前ら、こっちこい」

駿河があわてた声をだすと、チンピラがいっせいに二人を囲んだ。

「嫌だよ！　何するの、人殺し」

「ふざけんな、この！　ぶっ殺すぞ」

「助けてえ」

「どうしました」

さっとチンピラがあとじさった。自転車にまたがった警官が二人、足をつき、見ている。

「何でもないです。夫婦ゲンカを仲裁してただけで」

駿河がいった。

ひとりの警官が首をのばした。

「ご主人、大丈夫ですか」

「お巡りさん、つかまえて下さい。この人嘘吐きです！　奥さんのわたしじゃなくて、他の女の人とつきあってる」

青珠が叫んだ。

「まあまあ落ちついて、奥さん。旦那さんを放してあげて」

「わたし死にます！　この人を殺して、わたしも死ぬ！」

空を仰ぎ、あたりに響く大声を青珠はだした。うえーんと泣き声をあげる。

警官が駿河をふりかえった。怪訝な表情でチンピラたちを見やり、

「このご夫婦のお知り合いですか」

と訊ねた。

「いや、知り合いというほどじゃなくて、ただの顔見知りです」

駿河はしどろもどろになった。

「まあ、でも責任をもって、私らが仲直りさせますんで」

「嫌だ、嫌だ、嫌だ、嫌だ。中国大使館に電話して下さい。日本人、信用できないよ」

「ご主人、ご主人」

自転車を降りた警官が、甲賀の顔をのぞきこんだ。

「あ、はい」

「大丈夫ですか」

「いや、家に帰って話せば、何とかなると思うんですが」

「お宅はこの近くですか」

「ここです」

仰向けのまま、マンションを指さした。

「部屋までお送りしますか」

「お願いできますか。女房も落ちついて話せばわかってくれるんじゃないかと思うんで」

「奥さん、旦那さんの上から降りて」

「あなた、ちゃんとあやまるか」

青珠が甲賀の顔をのぞきこみ、いった。

「あやまる、あやまるよ」

「家でいっぱい、わたしにあやまるか」

「いっぱい、いっぱい、あやまる」

「じゃ、降ります」

青珠が降りると、甲賀は警官に助けられ、立ちあがった。駿河たちのほうを見る。

チンピラは全員車に戻っていた。駿河だけが車の外にいる。

「あ、いてて」

わき腹をおさえ、甲賀はよろけた。

「あばらを打ったみたいだ」

「病院いきますか」

警官は二十代半ばといったところだ。

「いや、とりあえず家でちょっと休んでようすを見ます。すみませんがそこまで送ってもらえますか」

甲賀はマンションの玄関を示した。駿河がいまいましそうににらんでいる。青珠と警官にはさまれ、甲賀がロビーの扉の前に立つと叫んだ。

「じゃ、五時にまた！」

甲賀はふりかえり、手をふった。

20

部屋までくるという警官を、エレベータまででいいとふりきった。

エレベータに乗りこみ、甲賀は思わずしゃがみこんだ。

「本当に殺されるかと思った」

「最初は本当に腹が立ちました。でもおかしいと思った。杜さん、命より大事なら、ホテルをでていくの止めた筈です」

青珠はいって微笑んだ。

「奴ら、青珠が強いのを知ってるからな。簡単には止めないだろうとは思ったが、いいタイミングで警官がきて助かった」

十八階でエレベータを降りたとたん、甲賀の携帯が鳴った。知らない番号だ。駿河にちがいない。無視した。

電話が鳴り止むと、甲賀は英淑の携帯を呼びだした。

今度は千本人がでた。

「はい」

「甲賀だ。どういうことだ」

「何の話?」

「ついさっき、駿河と藤井組の連中が勝どきに押しかけてきた。〝蛇〟をあいつらにとられてもいいのか。あいつらが〝蛇〟を手に入れたら、絶対あんたには渡さないぞ」

干は黙りこんだ。

「勝どきのマンションの鍵、まさかあいつらに渡してないだろうな」

「それはないよ。私、駿河さんに知らせただけ。まさか勝どきにいくと思わなかった。あなた今、勝どきか」

「危いからちがう場所に移動した」

「よかった。私、約束守ります。〝蛇〟渡してくれたら、杜英淑、家に帰れます」

「王のことは上海にどう説明する？」

「何？」

「王先勇だよ。お前らが殺したのだろう」

「何いってる!? 私たち誰も殺してないよ」

「駿河も殺してないといった。どっちが嘘をついているんだ」

「王さん、私たちがホテルにいったとき、もう死んでいたよ。殺したのは如と李青珠よ。だから駿河さん、二人をつかまえた。二人が王さん殺して〝蛇〟をどこかに隠したよ」

「つまりあんたは、ボスの宝物を、上海の連中にはないしょでいただこうと思ってるわけだな」

「老大の日本の財産、皆、私が作ってあげた。だから私に権利あるね」

「李青珠はどうなる」

「人殺しよ。記憶失くしたは、お父さん殺したの、ごまかすため」

甲賀は深々と息を吸いこんだ。本当にあばらが少し痛む。

「とにかく五時だ。駿河にはよくいったほうがいいぞ。下手をするとあんた、ボス殺しと如殺しの罪を、全部奴らに押しつけられる」

「大丈夫。駿河さん、そんなことしない」

ふん、と甲賀は笑った。

「じゃあどうして勝どきにきた。奴は、五時に俺があんたのレストランにいくことも知ってた。ひとりでこいといったのを忘れたのか」

「話はしたけど、きてはいけないといった。取引は取引」

「そこのところはよく確認したほうがいいな。さもなけりゃ、全部ぶち壊しだ」

甲賀は電話を切った。

「青珠、あの部屋以外でゆっくり話せる場所ないか。外にでないで」

「一番上の階に展望室あります」

「よし、そこにいこう」

四十五階に二人は上がった。展望室は隅田川と浜離宮庭園、さらに東京湾を見おろせるガラスばりの広い部屋だ。あちこちにソファがおかれているが、昼下がりの今、人はいない。

煙草を吸いたいが、禁煙のようだ。

「青珠、大事なことだ。親父さんを殺したのは青珠だと、皆思ってる」

ソファにすわると甲賀はいった。青珠は激しく首をふった。

「そんなの嘘だよ。わたしがあのホテルにいったとき、お父さん死んでた」

「俺は信じる。だけどな、干はそう思ってるからこそ、兄ちゃんや上海の組織のことを恐がってないんだ。そうでなけりゃ、もっとおろおろしてる。それに駿河たちも親父さんを殺しちゃいない。奴らが殺したのなら、〝蛇〟をとっくに手に入れている」

この二日間、頭を悩ましていた問題が再び浮上してきている。もし王が〝蛇〟をもって日本にきたのなら、王を殺した人間が〝蛇〟を奪った。つまり、〝蛇〟を追っている者は、王を殺した犯人ではない。

「青珠を本牧のホテルに連れていったのは如だったたな。如は、その前に親父さんに会っていたのか。つまり親父さんともともと知り合いだったのか」

青珠は考え、答えた。

「如さん、お父さんに会うの初めてだからとても緊張していたよ。ホテルの部屋に入ったとき、ベッドに倒れているお父さん見て、『誰』と訊きました。わたしが『お父さん』と答えると、『逃げましょう』と青くなった」

「で、逃げだしたと。そのあとは？」

聞いてはいたが、もう一度、訊ねた。

「電車で東京に戻って、如さんの家にいきました。そこにさっきの人たちがきて、二人、連れていかれた。如さんが殴られていて、わたし気を失って……。あとのことは覚えてない」

前に聞いた話と一致する。そのあと意識を回復した青珠が記憶を失っているのを知った駿河が、一計を案じたのだ。このままいくら青珠を責めても、〝蛇〟の在りかはわからない。そこでわざと錦糸町で解放し、甲賀のもとに青珠がいくようしむけた。

甲賀は思いだした。青珠の結婚相手として、甲賀の話を、青珠は結婚前に如にしている。つまり青珠の夫になるのが何者か、如から干、干から駿河は、聞いて知っていた可能性がある。

駿河にしてみれば思わぬ偶然だったかもしれないが、それを利用しない手はないと思ったのだろう。

「親父さんの口の中に石が入ってたというのはどうだ。本当に気がつかなかったのか」

「はい」

「これは俺の勘だが、口の中に石を入れたのは、親父さんを殺した犯人で、その石というのが、今お前がもってる蛇だ」

青珠はポケットからだした。じっと見つめ、甲賀にさしだした。

「ゴロー、もってて」

「ところで如は、親父さんと会ったことがないのにどうして、本牧のホテルにきているのを知っていたんだ？」

甲賀は受けとり、訊ねた。

「連絡があったといいました」

「誰から？」

青珠ははっと目をみひらいた。

「思いだしました。如さんに電話してきた人、お父さんの友だちだといいました。

『お父さんに頼まれて日本のホテル用意しました。そこに娘さん連れていって下さい。お父さん、お礼払います』といわれました。如さんが『あなた誰ですか』と訊いたら――」

「訊いたら？」

青珠は甲賀を見た。

「『宗です』と答えました。『宗さん知ってますか』と如さんに訊かれたので、わたしは知ってるといったよ」

「つまり宗が、親父さんの日本での宿を手配したんだな」

青珠は頷いた。

すると王を殺したのは宗なのか。

確かに宗は〝蛇〟を捜してはいない。捜しているのは青珠だ。しかし宗が王を殺し、〝蛇〟を奪った犯人なら、青珠を捜す必要はない。逃げるか、知らん顔をすればすむ。

「ゴロー」

青珠が低い声でいった。

「お父さん、殺したのは――」

「下に降りよう」

青珠の問いには答えず、甲賀はいった。背筋が冷たくなっていた。できればここから逃げだしたい。だが事態は逃げたところでどうにもならないくらい、煮詰まっていた。

十八階に降り、部屋に戻ると甲賀は新豹らに告げた。

「駄目だ。昼休みのあとなんで、パンとか弁当は全部売り切れていた」

「大丈夫です。もうちょっとしたら、私たちでかけます」

新豹が答えた。

「どこへいくんだ？」

「これからの日本でのビジネスのこと、打ち合わせします。四時になったら、甲賀さんに電話します。どこいけばいいか、教えて下さい」

甲賀はほっと息を吐いて、頷いた。

「だけど電話だけでどこにきたらいいのかわかるかな」

「忘れました？　私、二年、日本に住んでいました。大丈夫です」

そして青珠のほうを向き、中国語で話しかけた。青珠は首をふり、中国語で答えた。

新豹は考えこむようなまなざしを青珠に向けた。青珠が日本語でいった。

「わたし、ゴローのそばにいたいです」

新豹がにっと笑った。

「二人、本当の夫婦みたいに仲いいね」

籍が入っている以上、本物の夫婦だ。誰が何といおうと。それがすべてのきっかけだったのだが。

「ではあとで会いましょう」

いって、新豹は手下のひとりに何ごとかを告げた。年配のほうだ。男は頷いた。

「この男をおいていきます。途中まで連れていって下さい。二人のボディガード」

新豹は甲賀にいうと、青珠に手をのばした。青珠は新豹に肩を抱かれた。耳もとで新豹が何ごとかをささやくと、青珠はびくっと体を固くした。

新豹と手下はマンションをでていった。甲賀は時計を見た。三時を回っていた。

甲賀は残った手下に日本語で話しかけた。

「疲れたでしょう。眠かったら、その椅子で寝て下さい」

男は首をふった。

「だいじょぶ、だいじょぶ」

日本語があるていど話せるようだ。ボディガードといいながら、監視役も兼ねているわけだ。

「青珠、俺は疲れた。少しベッドで横になるよ」

「はい」

甲賀はいって、ベッドルームに入った。大きなダブルベッドとウォークインクローゼットがある。サイドボードに使っていない灰皿がおかれていた。甲賀は煙草に火をつけた。

携帯電話をとりだし、佐々木にメールを打った。駿河と会ったことを伝える。

すぐに返事があった。

『あいかわらず嫌な野郎だったか』

『最悪だ。俺は最初から奴にハメられていた』

『そういう知恵は回る奴だ。何か手伝うことはあるか』

少し考え、こう打った。

『本所警察署に伊賀という嫌みな刑事がいる。そいつに、お前が身許を調べている中国人を殺した奴のことが知りたかったら、五時半に銀座の「紅龍飯店」にこいと伝えてくれ。今すぐは駄目だ。五時くらいに頼む』

『五時にその伊賀と連絡がつかなかったらどうする?』

『そのときはそのときだ』

加場に電話をした。留守番電話だった。

「例の、横浜港で見つかった死体だが、上海黒社会大物の、王先勇って男だ。日本で引退するつもりだったのが、仲間割れにあって殺されたんだ。これでこのあいだの借りは返した」

通話を切ったとたん、鳴り始めた。駿河だ。甲賀は電源を切った。

青珠がベッドルームの入口に立っていた。

「どうした」

「恐いです」

「俺も恐いよ。この先どうなることやら」

低い声で甲賀はいい、ベッドに腰かけた。青珠が隣にすわった。小声でいった。

「お兄さん、いいました。あの日本人、あとで殺すよ」

「やっぱりな」

甲賀は息を吐いた。

「ゴロー、殺させない。わたし守るよ」

青珠はいって、甲賀の首に手を回した。

「無理すんな」

力なく、甲賀はいった。

「そんなことしたら、青珠も帰るところがなくなっちまう」

「わたしの帰るところ、ゴロー」

青珠はいって、甲賀の頬に唇を押しつけた。下半身が反応している。こんなときでもそうなる自分に、半ばあきれ、半ば感心した。

だがさすがに隣室に監視役がいる状態では、何もできない。

甲賀はベッドの上に仰向けになった。佐々木に伊賀への伝言を頼んだのは、保険だった。伊賀は、頭はさしてよくないが、フットワークだけは軽い。ただし、もし佐々木が駿河とぐるだったら、伊賀に連絡などしないだろう。そうならそうで、自分はとことんついていない、ということだ。

唯一の希望は、干と駿河の仲間割れだ。〝蛇〟のとりあいを巡って、両者が対立すれば、助かる目がでてくる。ただし、どんなワルでも、仲間割れを起こすのは、獲物を手に入れたあとだ。

つまり〝蛇〟が手に入らなければ、争いは生じない。その〝蛇〟の在りかを知っている人間はつきとめた。ただし、それを教えたら連中がどうでるかの予測が、まるでつかない。

　やっぱり逃げようか。適当ないいわけをして、青珠を残しここをでていけば、今日のところは何とかなるだろう。

　甲賀が消えれば、取引は成立しない。干だって英淑を殺しはしまい。殺したところで何の利益にもならないからだ。

　だがそうなれば、干や駿河は、甲賀が〝蛇〟をもち逃げしたと思うだろう。追いかけられるのは自分だ。警察に駆けこんだとしても、見捨てた青珠が甲賀に有利な話をしてくれるとは限らない。それどころか怒って、新豹といっしょに上海に帰ってしまうかもしれない。そのときは、如を殺した犯人が誰なのか証言する者もいないし、王殺しの犯人は闇の中だ。しかも今後は、藤井組や、新豹が送るかもしれない中国人の刺客に怯えて暮らす羽目になる。

　今逃げだすのは、状況をより悪くするだけだ。いちかばちか、「紅龍飯店」ですべてを明らかにする他に手はない。

　王の預金を渡して藤井組に手をひかせる、という新豹の提案は通用しそうにない。執念深い駿河は、甲賀が〝蛇〟を隠したと信じ、たとえ金を受けとったあとでもしつこくつけ回してくるだろう。青珠ではないが、叩き潰さない限り、駿河との縁は切れない。

時間はあっという間に過ぎた。何度も逃げだしたいという誘惑にかられ、そのたびに逃げたらもっとひどい地獄が待っているだけだと自分にいい聞かせた。

四時になると、甲賀は携帯の電源を入れた。待ちかねたように鳴った。表示されているのは、宗形の会社の番号だった。

「はい」

「甲賀さん、宗形です。このあと新豹さんを私がお連れすることになりました」

想像通りだ、と甲賀は思った。

「打ち合わせをされるレストランの場所をお教え願いたいのですが」

甲賀は説明した。理解すると宗形は訊ねた。

「そちらに五時過ぎにうかがえばよろしいのですね」

「そうだな。五時十五分とか、それくらいがいいだろう」

「承知しました」

電話を切り、甲賀はかたわらの青珠を見た。甲賀の隣に寝そべっているうちに本当に眠ってしまったらしい。寝息をたてている。図太いのか鈍感なのか。もっとも、最後は兄貴が守ってくれると信じているのかもしれない。甲賀ではなく、新豹を選べば、そうなるだろう。

自分なら、そうする。たとえ血はつながっていなくとも、いっしょに育ち、養父に嫌な思いをさせられたどうしの兄貴についていく。

青珠の肩をゆすった。青珠が目を開けた。

「そろそろだぞ」

青珠は小さく頷き、起きあがった。

リビングルームにいくと、新豹の手下が携帯電話を手に、中国語で話していた。このあとの指示をうけているようだ。

「通帳とカードは？」

甲賀が訊ねると、青珠はバッグを示した。

「わたし、いっしょにいきます」

電話を終えた手下がいい、甲賀は訊ねた。

「『紅龍飯店』までくるのか」

意味がわからないのか、首を傾げている。青珠が通訳した。

「そうするよう、お兄さんにいわれたそうです。ずっとわたしたちといっしょにいなさい」

「千はあんたの顔を知っているのか」

「知りません」

男の返事を青珠が訳した。

「だからいっしょにいって大丈夫です」

「いきなり千を殺したりしないよな」

男は首をふった。

「お兄さんの命令がない限り、何もしないといってる」

「俺たちが殺されてもか？　冗談だ、訳さなくていい」

甲賀はいって、力なく笑った。

21

ロビーの外で駿河が待ち伏せているのを警戒したが、その姿はなかった。甲賀に対し、絶対優位にいると駿河が信じている証だろう。甲賀の行動パターンは知りつくしていると思っているのだ。よくも悪くも、それをこのあとひっくりかえしてやる。

アリストに乗りこみ、銀座に向かった。

「紅龍飯店」の入ったビルの前を通りすぎる。藤井組の組員らしいやくざの姿はない。かわりに目につくのは、飲み屋のポーターらしいスーツ姿の男たちで、パイロンを路上に立て勝手に顧客専用の駐車スペースを確保している。年末で客が多いこの時期、稼ぎに直結する、重要な仕事なのだ。

たぶん駿河でも、断わりなしにその辺にちょっと車を止めさせるというわけにはいかない筈だ。たとえやくざとわかっても、ポーターたちにはポーターたちの「ケツモチ」がいる。変に組の名をちらつかせれば、かえってトラブルになる可能性が高い。銀座で飲んだことはないが、機捜時代、築地署出身の同僚からポーターの商売の話を聞かされ、覚えていた。銀座は、どこの組にとっても休戦地帯で、ここでもめごとを起こすのは、「稼業の法度《はっと》」という取り決めがあるらしい。

だからこれほどの盛り場でありながら、縄張りを巡る争いなどがないのだ、という。

アリストを地下駐車場に止め、甲賀たちは「紅龍飯店」に向かった。

五時ちょうど、階段を降り、店の扉をくぐった。

店の中は静かだった。誰もいないのかと思ったくらいだ。だが、奥の席に男がひとりすわっていた。駿河だった。甲賀は立ちすくんだ。

「よう」

駿河は煙草に火をつけ、薄笑いを浮かべた。

「干はどうした」

「俺が干のかわりさ。ひとりでこいっていったんだろう。だから俺が干のかわりにひとりできてやった」

おちゃらけもいわず、駿河は淡々といった。

「英淑はどこだ」

「〝蛇〟はどこだ。そいつか。そいつが〝蛇〟をもってんのか」

駿河は新豹の手下を見て訊ねた。

「話がちがう。俺は干と取引しにきたんだ」

「俺を干と思やいいじゃないか。あのうるさい女は、近くで待たせている」

甲賀は焦った。計画が狂った。干がいなければ、新豹がやってきても何の威しにもならない。

「じゃ、まず英淑を連れてこい」

「〝蛇〟を見せろ」

煙草を灰皿に押しつけ、駿河はいった。

「あんたと同じだ。のこのこ、ここにもってくるわけがないだろう」

駿河は疑い深い目つきで甲賀を見つめた。

「お前、本当は、〝蛇〟がどこにあるかなんて知らないのじゃないのか」

「いいや、知っている。もっている人間はもうじきここにくる。俺が連絡をすれば、な」

「じゃ、待つか」

「その前に英淑を連れてこい」

「〝蛇〟が先だ」

「ふざけるな！　こっちはもう手配がすんでいるんだ。英淑の無事な姿を見せろ！」

甲賀が怒鳴ると、駿河は目を丸くした。

「お前、本当にあの女に惚れてるんだな」

「どうなんだ。英淑を連れてくるのか、こないのか」

駿河は携帯電話をとりだし、耳にあてた。

「俺だ。女を連れてこい」

甲賀を見た。

「お前も電話しろ」

甲賀は時計を見た。五時七分。

「まだだ。英淑を見てからだ」

五時十分、階段に足音が響いた。英淑をまん中に五人の人間が降りてきた。藤井組のチンピラが二人、あとひとり東砂で会った中国人のチンピラがいる。そして頭のはげた男が最後に入ってきた。

英淑は、薬か何かを飲まされたらしく、朦朧《もうろう》としたようすだ。

「何をした？」

「あんまりうるせえから睡眠薬を飲ませた。大丈夫だ、ひと眠りすりゃ抜ける」

「英淑！」

今にも瞼が閉じそうな目を、甲賀に向けた。ろれつの回らない口調で、

「ゴローちゃん」

と、いった。

青珠が英淑のかたわらにいこうとして、中国人のチンピラに阻まれた。甲賀は身がまえた青珠に首をふった。

「甲賀さんか」

はげた男が訊ねた。

「干さんだな。なんであんたがいなかった」

男は息を吐き、腰をおろした。

「あなたのいう通りよ。私、だまされた。駿河さん、私の部下も買収した」

「なるほど」

「上海の大ボスが死んじまったら、別に干に忠義立てする必要もないってことだな。こっちと組んだほうが何かといい思いができると教えてやった」

駿河がいった。

「あいかわらず頭がいいな」

「なにせ、頭だけで生きてきたもんでな。〝蛇〟をもってこさせろ」

甲賀は時計を見た。五時十五分。

「大丈夫だ。こっちが連絡をしなけりゃ、ちゃんとくることになってる」

そのとき干が甲賀のかたわらにいる新豹の手下に気づいた。

「この人、誰？」

「〝蛇〟をもってる人間の手下だ」

「〝蛇〟をもってる人間？」

「青珠じゃない」

「誰ですか」

階段に足音がした。全員がふりかえる。

最初に姿を現わしたのは宗形だった。入口で驚いたように立ち止まった。

「甲賀さん――」

「いいから奥に入ってくれ」

つづいて顔をのぞかせた新豹に、干が叫び声をあげた。思わず腰を浮かせ、中国語で喋った。新豹は答えず、冷ややかに干を見つめている。

「静かにしろ」

駿河がいい、店の中は静まりかえった。駿河は新豹を見すえた。

「お前が〝蛇〟をもってるのか」

「何のことです？」

「もってる筈だ。王先勇を殺したとき、もっていた〝蛇〟をとりあげた。ちがうか、新豹さん」

甲賀は腹に力をこめ、いった。新豹の頬の筋肉がぴくっと震えた。

「誰なんだ、こいつは」

駿河が甲賀に訊ねた。

「王先勇の息子だ。上海の新しいボスだよ」

「親父を殺したってのか」

甲賀は頷いた。目をみひらき立ちすくんでいる宗形に告げた。

「宗形さん、あんたが王の日本でのホテルを用意した。本牧のしけたラブホテルみたいなところに連れていかれ、王はさぞ驚いたろう。だがもっと驚いたのは、そこに上海にいる筈の倅《せがれ》が現われたことだ。積もり積もった恨みを晴らすために、こっそり来日して」

頭の中で何度も練習したセリフだった。

新豹の表情はまったくかわらない。だが宗形が中国語で話しかけた。肩で息をしている。

「何ていったんだ？」

甲賀は青珠に訊ねた。

「『ここは危険です、でましょう』」

青珠が小声で訳した。新豹はゆっくりと甲賀を見すえた。

「あなた、わたしを罠にかけたか」

「そんなつもりはなかった。本当に助っ人のつもりで呼んだんだ。助っ人ってわかるか」

「じゃなぜ、そんな嘘をいいますか」

甲賀は首をふった。

「嘘じゃない。その証拠がこれだ」

青珠から預かっていた蛇の赤い玉をポケットからだして見せた。

「これは王が、自分とあんた、それに青珠のためにそろえた干支の飾りものだ。王とあんたは蛇、青珠が猿。王と青珠の飾りものは、勝どきのマンションにあった。あんたは自分の飾りものを日本にもってきて、王の死体の口につっこんだ。叩き返したつもりだったのだろうし、日本だったらその意味に気づく者はいない、と思ったんだろうな。最初に見つけたのはここにいる駿河だ。巡り巡って、青珠のところにきた。それで全部がわかった」

新豹は無表情のまま、鋭い声で青珠の横に立つ監視役の手下に何かを命じた。男が甲賀に向きなおるより早く、青珠が動いた。

「ゴロー殺せ、といいました」

体を盾にして、甲賀を男からかばった。男は困惑したような顔で新豹をふりかえった。

「殺すのはかまわねえが、〝蛇〟をよこせ、〝蛇〟を、よ」

駿河がいった。新豹がさっと足を踏みだした。目にもとまらない勢いで右手が振られ、まっすぐにのばした四本の指で駿河の喉を突いた。

駿河が大きく口を開け、目をみひらいた。だが声はでない。がっ、がっと喉の奥で奇妙な音をたてている。

「手前、何しやがる⁉」

チンピラが叫んで、ジャケットの下に手をさしこんだ。新豹の足が男の胸を蹴った。男の体がふっ飛び、拳銃が床に落ちた。青珠が動いた。銃を拾いあげる。

中国人のチンピラは凍りついたように動かない。

ぐほっという音を駿河がたてた。目が裏返り、崩れ落ちる。

「気道を潰したね。息できない」

冷ややかに新豹はいい、青珠に手をさしだした。銃を渡せというジェスチャーだ。

もうひとり残っていた藤井組のチンピラが駿河にとりついた。

「駿河さん、駿河さん！」

駿河の顔がどんどん青黒くなっている。チアノーゼを起こしているようだ。

「手前ら、皆殺しだ」

男が携帯電話をとりだした。新豹の手下が動いた。足で電話を蹴り飛ばす。男はひっと声をたて、顔を腕でおおってうずくまった。

甲賀は新豹と正面から向きあった。

「〝蛇〟はあんたがもっているんだろ」

声が震えていた。

「交換しただけ。古い蛇を返した。だから新しい蛇をもらった。王は、わたしと妹をずっとオモチャにしていた」

「その話は少し青珠から聞いた。同情する」

「同情？ そんなものいらないね。わたしがこれからは王よ」

新豹はいって指を一本立てた。甲賀は思わず目をそらした。

「じゃあいいよ。上海で好きにしてくれ」

新豹は黙った。その目が青珠に向けられていた。中国語で何ごとかをいい、踏みだした。

青珠があとじさった。首をふり、中国語で答える。

「何ていってる」

「ピストルを渡しなさい。嫌です、ゴロー殺されます」

「青珠、逆らうな。殺されるぞ」

「ゴロー!?」

青珠は甲賀をふりかえった。

最後の賭けだ。

「渡せ、青珠。お前が殺されるのを見たくない」

「ゴロー……」

新豹が不思議そうに甲賀を見つめた。

「あなた、妹のために死ぬのか」

「夫婦、だからな。俺たちは」

青珠がわっと泣きだした。その瞬間、新豹が青珠の手から拳銃をもぎとった。

甲賀は息を吐いた。銃口が自分めがけ火を噴くのを覚悟した。

「そのままあっ」

声がした。ふりかえった。血相をかえた伊賀ともうひとりの刑事が入口に立っていた。

「拳銃を捨てなさい！」

伊賀がニューナンブを新豹に向けていった。

新豹は首を傾げた。

「あなた、誰？」

「警察だ。銃を下におけ」

「警察？　なぜ警察がここにいる⁉」

新豹は信じられないように目をみひらいた。拳銃をもちかえようとするのを見て、

「俺が呼んだ」

「よせっ」

と甲賀は叫んだ。新豹の動きが止まった。

「撃たれるぞ、本当に」

静かにいった。伊賀はすぐ頭に血が昇る。その証拠に人さし指が拳銃の引き金にかかっている。

しかも射撃術は中級だ。どこに当たるか、知れたものではない。

新豹は深々と息を吸いこんだ。左手を伊賀に向けて広げ、右手の銃をゆっくり床におく。

「応援要請しろ」

銃をかまえたまま、伊賀が背後の後輩に命じた。錦糸町のマッサージ屋にきた若造だ。

あわてて携帯電話をひっぱりだし、裏返った声で要請を始める。

「甲賀、その銃、確保しろ」

青白い顔で伊賀がいった。

「いいけどあとで俺をパクるなよ」

甲賀はいって、新豹がおいた銃をひろおうとした。その瞬間、新豹が足を一閃《いっせん》させた。

何が起こったのかよくわからないまま、甲賀は背中から床に叩きつけられた。その上に新豹がのしかかろうとする。

青珠が動いた。小さな拳が新豹の顔をとらえた。

新豹がのけぞり、体勢を素早くたてなおすと青珠と向かいあった。

二人が構えをとった。

「おいっ、何してる、こいつら」

伊賀があ然としたようにいった。甲賀は全身で床の拳銃におおいかぶさった。

はいっという気合が青珠の口から発せられた。たてつづけの蹴りを新豹がブロックし、体を落とすと、青珠の足をなぎ払った。

一瞬早く、青珠が宙に跳んだ。

「俺を守ってるんだ」

苦しい息で甲賀は答えた。

「どっちが」

「女房が、だよ」

「女房？」

新豹が青珠に向かって踏みこみ、鋭い突きを浴びせた。青珠が倒れた。新豹は左足一本で立ち、大きく右膝を胸にひきつけて蹴りを浴びせる体勢をとった。

「撃つぞっ」

甲賀は床に転がったまま叫んだ。

新豹の動きが止まった。仰向けで銃をかまえる甲賀を見おろした。

「頼む、やめてくれ」

甲賀はいった。倒れている青珠が苦しげに咳こんでいるのが聞こえた。

新豹の目が甲賀の目をのぞきこんだ。甲賀は見返した。

どれくらいそうしていたかはわからない。やがて新豹の体から力が抜け、右足が床におろされた。

「手錠かませろ」

甲賀はいった。

「何なんだ、こいつら」

伊賀が手錠をとりだし、新豹に歩みよった。新豹は目を閉じ、されるがままにうしろ手に手錠をかけられた。

「中国武術の達人だ」

「何だと？」

甲賀は銃を床におき、青珠ににじりよった。

「青珠、青珠」

涙目が甲賀を見た。

「大丈夫か」

青珠が頷いた。甲賀はほっと息を吐いた。

「よかった」

「ゴロー、わたしのこと、女房といった」

急に青珠がいったので、びっくりした。

「えっ、そうだっけ」

「嬉しい！　わたしたち本当の夫婦」

青珠が甲賀にしがみついた。

また、やってしまった。これは確かに曲がり角となる発言だ。

だが今度はプラスの曲がり角になるかもしれない。ふとそう感じた。

もちろん、いつだって初めはそう思い、いつだってあとからは後悔しているのだけれど。

解説

薩田博之（編集者）

この作品は講談社百周年記念企画の一冊として二〇一〇年に出版されました。この企画は一年間で百冊の書き下ろし作品を出版するという壮大なもので、歴史ある講談社の力をもってしても大変な企画でした。

当然大沢（本来なら大沢さんと書くべきなのでしょうが、大沢オフィスに在籍していた私は対外的に大沢と言っていました。「さん」を付けると、どうも居心地が悪いので敬称略で進めさせていただきます）のもとにも依頼がありましたが、大沢オフィスに在籍し執筆スケジュールを把握できる立場だった私はこの話を聞いたとき、どうするのだろうという思いがありました。一九九四年の直木賞受賞前後から大沢の執筆スタイルは完全に連載態勢に移行し、年間で新聞、週刊誌をそれぞれ一媒体、そこに何ヵ月かに一誌、月刊誌が入るというスタイルが定着していました。これらを合計してならすと、月産二百枚にはなります。

また二〇〇九年まで日本推理作家協会の理事長という要職にあり、面倒見のいい大沢のもとには多くの公私にわたる相談事が持ち込まれ、とても書き下ろしのための時間はとれそうにないのは明白でした。

なにより厄介(!)なのは、この作品の担当編集者のN氏とは深い信頼関係にあるということでした。作家は編集者との信頼関係を大切にします。

講談社の側からみると、この企画を成功させるためにも大沢の名前はどうしても欲しい作家の一人であることは間違いありません。社をあげて口説《くど》いてきました。N氏以外にも多くの信頼する編集者たちが顔を見ると頭をさげてくるのです。そのたびに本人ははぐらかしていましたが、私は早い段階で書くという決断をしていたと想像しています。

ただ往々にして依頼を受けるということと、実際に原稿が完成するということはイコールではないのですが。とはいうものの大沢は一度した約束は必ず守ります。レギュラーの仕事を抱えながらさらに書き下ろしを執筆する時間を作ったのか。多くを語りはしませんが、普段なら絶対に仕事をしない夜もその時間にあてていたのでしょう。実際に最後の何十枚かは一晩で一気に書き上げたと記憶しています。

　このような状況の中で書き上げられた作品だけに、連載作品にくらべると枚数は少なめですが、それだけに濃密でスピーディな展開に仕上げられています。

　女で失敗ばかりしている元刑事の甲賀《こうが》のもとに病院にいる警官からの「あなたの奥さんを保護しています」という電話が入るところから話は始まります。

　病院にいたのは、見知らぬ女性。しかも記憶を失っているという。なぜその女性が甲賀の連絡先を持っていたのか……。それからのジェットコースター的な展開に一気読みされた方も多いでしょう。

　この作品はミステリの型からみると、「巻き込まれ型」ということになるでしょうか。無関係であったはずの主人公がはからずも犯罪に巻き込まれてしまうというものですが、甲賀は元々ある犯罪行為に加担していますので、はからずも、というのは適切ではないかもしれません。どちらかというと、タイトルの『やぶへび』が意味するとおり、自ら「へび」を出してしまうキャラクターです。それ以外にへびは事件にかかわる重要なアイテムでもあります。

　このように『やぶへび』には二重の意味があるのですが、もうひとつエピソードがあります。この講談社百周年の大型企画、どうやら大沢の〝提言〟で始動したらしいのです。担当の方面から洩《も》れ聞いた話なのですが、事実だとしたらまさに「やぶへび」だったというしかありません。また別のタイトル案に『どろなわ』があったとか。執筆時の状況、気持を表したものでしょうか。

大沢の作品のなかにもいくつかの「巻き込まれ型」がありますが、お奨《すす》めしておきたいのが「日本一不運なサラリーマン」と銘打たれた「坂田勇吉《さかたゆうきち》シリーズ」です。食品メーカーに勤める平凡なサラリーマンの坂田勇吉が出張先でさまざまなトラブルに巻き込まれます。泣きたくなるような最悪の状況におかれても、坂田は決して逃げません。映画『ダイ・ハード』のブルース・ウィリスのように「何でこの俺がこんな目に……」と呪いながらも、目の前にある最悪の現実と向き合うことでしか解決できない、逃げることは卑怯《ひきょう》なことだと信じているからでしょう。

「坂田シリーズ」は講談社文庫で『走らなあかん、夜明けまで』『涙はふくな、凍るまで』、ノベルス版で『語りつづけろ、届くまで』の三作が出ています。

特に『語りつづけろ、届くまで』は、私が大沢オフィスから地方紙数紙に配信し連載されたものだけに思い入れもあります。

さて『やぶへび』の創作秘話を少し書かせていただきましたが、読者の皆様にはなじみのない一編集者である私がどうして大沢の文庫解説という大役を担うことになったのか。

一番の理由は版元の編集者に始まりオフィスへと移籍した私の、付き合いの長さにあります。

私と大沢の出会いは今から三十年ほど前にさかのぼります。文芸部門を新しく立ち上げた出版社の新米編集者だった私は、作品を書いていただける作家の方々を必死になって探していました。情報交換できる他社の編集者との付き合いもほとんどなく、情報源はもっぱら書店でした。

当時はノベルス市場が隆盛で各社ベテランから新人まで毎月多くの新刊をリリースしていました。そんな多くの作品の中で目にとまったのが大沢の『野獣駆けろ』（講談社ノベルス）と『標的はひとり』（カドカワノベルズ）でした。なぜその二冊を手に取ったのか。ハードボイルドというジャンルに惹《ひ》かれたのか、同い年という親近感だったのか。今となってはその理由は藪《やぶ》の中です。

理由はともかく一読してしびれました。同い年の人間にこれだけのものが書けるのかという驚きもありました。

すぐに連絡先を調べ、手紙を書いてアポイントメントをとり、大沢のホームグラウンドである六本木で会いました。一時間くらい話していたのでしょうか、それが長い付き合いの始まりです。

その日のことで今でも覚えているのは、連載原稿を届けるという大沢と地下鉄で新宿まで同行したことです。今の若い編集者には信じられないでしょうが、大沢みずから原稿を届けていた時代もあったのですよ、しかも地下鉄で。

その作品は『夏からの長い旅』で、後年、自分の手で文庫化（二次文庫ですが）することになるとは思ってもいませんでした。

そうやって始まった付き合いですが、もちろんすぐに仕事につながるわけもなく、もっぱらゴルフばかりでした。

思い返せば、初の文学賞候補となった吉川英治文学新人賞のことを聞いたのもゴルフへ向かう車中でした。候補になったことに関して、車中で私はある暴言を吐くのですが、大沢が機会あるごとにネタにしていますので許してくれていると信じています。

同じ頃、千葉県勝浦のリゾートマンションを入手し、連休や夏休みになるとゴルフ仲間が集まり全員の食事を大沢が作るという、三十年たった今でも続いている「民宿のオヤジ」が始まりました。

参加者は年々増え、多いときには三十人分もの食欲を満たしています。

小説と同じくらい料理もうまいんですよ。

そうした間も、ハードボイルドというジャンルと真摯に向かい合っていました。

ただ本人が自虐的に「永久初版作家」と名乗っていたように、なかなかブレイクしません。心が折れそうになったときもあったかと思います。それでもハードボイルド作家になるという中学時代の決意とともに自分を信じ、同業者、北方謙三《きたかたけんぞう》氏をはじめとする日本冒険作家クラブの面々や編集者もまた大沢の才能を信じていました。

その両者の思いが結実したのが『新宿鮫』です。

それまであまりに売れなかったので開き直ってシンプルな話を書いたと言っていますが、構成やキャラ設定には隅々まで目配りされています。

吉川英治文学新人賞と日本推理作家協会賞をダブル受賞し一躍ブレイクしました。

それまで重版がかからず品切れ（出版社は絶版とは言いたがりません）となっていた既刊が次々と生き返りゾンビ作家と呼ばれていたとか。

私もその恩恵をうけ、双葉文庫で品切れだったデビュー作の『感傷の街角』ほか『漂泊の街角』『追跡者の血統』（いずれも角川文庫）の「佐久間公《さくまこう》シリーズ」三作を復刊することができました。ただどうしても『標的走路』だけは頑《かたく》なに首を縦にふろうとはしませんでした。

　そうして一九九四年の直木賞へとつながるわけですが、受賞の報を聞いたときは本当にうれしかった。本人は取れると思っていなかったのか、選考会当日は『新宿鮫』の担当者とともにカレイ釣りに出かけていました。

　大沢と文学賞というと、選考会当日に出かけていると受賞できるというジンクスめいたものがあり、二〇一四年の吉川英治文学賞受賞の知らせを旅先のタイで聞いたというのも必然だったのかもしれません。

　さて思いつくままに書き連ねてきましたが、改めて思うのは私の編集者生活はいかに「大沢在昌」という名前に支えられていたかということです。ある意味大沢の作家生活に〝巻き込まれた〟ような三十年でしたが、もちろんそれは幸せで楽しいものです。

　いまさら感謝されても本人も困るでしょうから、最後に多くの編集者と読者の声を代弁しておきます。

　作家生活も三十五年を超え、いい加減疲れているかもしれませんが、まだまだ書き続けてください。大きな転機を迎えた「鮫シリーズ」の続きを早く読みたいですし、なによりデビュー作であり本人の分身ともいう佐久間公。このままでは公も還暦を迎えます。六十歳を超えた公をどう動かすのか？　期待は膨らみます。

とは言うものの健康第一。「民宿のオヤジ」ができなくなったら、多くの編集者、ゴルフ仲間が悲しみます。

私もです。

本作品は講談社創業百周年記念書き下ろし作品として、
二〇一〇年十二月に小社より単行本として、二〇一二年
十二月に講談社ノベルスとして刊行されたものです。

|著者| 大沢在昌　1956年、愛知県名古屋市出身。慶應義塾大学中退。'79年、小説推理新人賞を「感傷の街角」で受賞し、デビュー。'86年、「深夜曲馬団」で日本冒険小説協会大賞最優秀短編賞。'91年、『新宿鮫』で吉川英治文学新人賞と日本推理作家協会賞長編部門。'94年、『無間人形　新宿鮫Ⅳ』で直木賞。2001年、'02年に『心では重すぎる』『闇先案内人』で日本冒険小説協会大賞を連続受賞。'04年、『パンドラ・アイランド』で柴田錬三郎賞。'10年、日本ミステリー文学大賞を受賞。'14年には『海と月の迷路』で吉川英治文学賞を受賞した。

大沢在昌公式ホームページ「大極宮」
http://www.osawa-office.co.jp/

やぶへび
大沢在昌《おおさわありまさ》

講談社文庫
定価はカバーに
表示してあります

2015年1月15日第1刷発行

発行者——鈴木　哲
発行所——株式会社　講談社
東京都文京区音羽2-12-21　〒112-8001
電話　出版部（03）5395-3510
販売部（03）5395-5817
業務部（03）5395-3615

デザイン—菊地信義
本文データ制作—講談社デジタル製作部
印刷———凸版印刷株式会社
製本———株式会社千曲堂

Printed in Japan

ISBN978-4-06-293015-4

講談社文庫刊行の辞

二十一世紀の到来を目睫に望みながら、われわれはいま、人類史上かつて例を見ない巨大な転換期をむかえようとしている。

世界も、日本も、激動の予兆に対する期待とおののきを内に蔵して、未知の時代に歩み入ろうとしている。このときにあたり、創業の人野間清治の「ナショナル・エデュケイター」への志を現代に甦らせようと意図して、われわれはここに古今の文芸作品はいうまでもなく、ひろく人文・社会・自然の諸科学から東西の名著を網羅する、新しい綜合文庫の発刊を決意した。

激動の転換期はまた断絶の時代である。われわれは戦後二十五年間の出版文化のありかたへの深い反省をこめて、この断絶の時代にあえて人間的な持続を求めようとする。いたずらに浮薄な商業主義のあだ花を追い求めることなく、長期にわたって良書に生命をあたえようとつとめるところにしか、今後の出版文化の真の繁栄はあり得ないと信じるからである。

同時にわれわれはこの綜合文庫の刊行を通じて、人文・社会・自然の諸科学が、結局人間の学にほかならないことを立証しようと願っている。かつて知識とは、「汝自身を知る」ことにつきていた。現代社会の瑣末な情報の氾濫のなかから、力強い知識の源泉を掘り起し、技術文明のただなかに、生きた人間の姿を復活させること。それこそわれわれの切なる希求である。

われわれは権威に盲従せず、俗流に媚びることなく、渾然一体となって日本の「草の根」をかたちづくる若く新しい世代の人々に、心をこめてこの新しい綜合文庫をおくり届けたい。それは知識の泉であるとともに感受性のふるさとであり、もっとも有機的に組織され、社会に開かれた万人のための大学をめざしている。大方の支援と協力を衷心より切望してやまない。

一九七一年七月

野間省一

講談社文芸文庫

小島信夫
靴の話／眼　小島信夫家族小説集
解説＝青木淳悟　年譜＝柿谷浩一

芥川賞「アメリカン・スクール」から谷崎賞「抱擁家族」まで、十年間の精選短篇集。不気味な男、異様な友、妻の姦通、家という存在……〈関係〉をめぐる歪なドラマ。

978-4-06-290256-4　こA9

講談社文芸文庫編
『少年倶楽部』熱血・痛快・時代短篇選
解説＝講談社文芸文庫

吉川英治は若き武田信玄を、大佛次郎はご存じ鞍馬天狗を、金子光晴は刀鍛冶の兄弟を描く。海洋冒険小説、人情話、奇譚、偉人伝等々、物語の魅力を伝える二二篇。

978-4-06-290255-7　こJ37

大岡信
私の万葉集　四
附＝正岡子規

『万葉集』の「巻十三」から「巻十六」。いよいよ大岡信のシリーズも最後の二巻を残すのみ。巻十六は知的興味と笑いをうたう魅力溢れる刺激的な一巻でもある。

978-4-06-290257-1　お05

講談社文庫　目録

岡嶋二人　クラインの壺
岡嶋二人　増補版 三度目ならばABC
岡嶋二人　ダブル・プロット
岡嶋二人　新装版 焦茶色のパステル
岡嶋二人　チョコレートゲーム 新装版
太田蘭三　密殺源流
太田蘭三　殺人雪稜
太田蘭三　失跡渓谷
太田蘭三　仮面の殺意
太田蘭三　被害者の刻印
太田蘭三　遭難渓流
太田蘭三　遍路殺《ころ》がし
太田蘭三　奥多摩殺人渓谷
太田蘭三　白の処刑
太田蘭三　闇の検事
太田蘭三　殺意の北八ヶ岳
太田蘭三　高嶺の花殺人事件
太田蘭三　待てば海路の殺しあり
太田蘭三　殺人猟域 〈警視庁北多摩署特捜本部〉
太田蘭三　夜叉神峠 死の起点 〈警視庁北多摩署特捜本部〉
太田蘭三　箱根路、殺し連れ 〈警視庁北多摩署特捜本部〉
太田蘭三　首輪 〈警視庁北多摩署特捜本部〉
太田蘭三　殺人熊 〈警視庁北多摩署特捜本部〉
太田蘭三　殺《さっ》・風《ぷう》景《けい》 〈警視庁北多摩署特捜本部〉
太田蘭三　殺人理想郷 〈警視庁北多摩署特捜本部〉
太田蘭三　虫も殺さぬ 〈警視庁北多摩署特捜本部〉
大前研一　企業参謀 正・続
大前研一　やりたいことは全部やれ！
大前研一　考える技術
大沢在昌　野獣駆けろ
大沢在昌　死ぬより簡単
大沢在昌　相続人TOMOKO
大沢在昌　ウォームハート コールドボディ
大沢在昌　アルバイト探偵《アイ》
大沢在昌　調毒師を捜せ アルバイト探偵《アイ》
大沢在昌　女王陛下のアルバイト探偵《アイ》
大沢在昌　不思議の国のアルバイト探偵《アイ》
大沢在昌　拷問遊園地 アルバイト探偵《アイ》
大沢在昌　帰ってきたアルバイト探偵《アイ》
大沢在昌　雪蛍
大沢在昌　ザ・ジョーカー
大沢在昌　亡命者 〈ザ・ジョーカー〉
大沢在昌　夢の島
大沢在昌　新装版 氷の森
大沢在昌　暗黒旅人
大沢在昌　新装版 走らなあかん、夜明けまで
大沢在昌　新装版 涙はふくな、凍るまで
大沢在昌　罪深き海辺(上)(下)
大沢在昌　C・ドイル原作 バスカビル家の犬
逢坂剛　コルドバの女豹
逢坂剛　スペイン灼熱の午後
逢坂剛　十字路に立つ女
逢坂剛　ハポン追跡
逢坂剛　まりえの客
逢坂剛　あでやかな落日
逢坂剛　カプグラの悪夢
逢坂剛　イベリアの雷鳴

逢坂　剛　クリヴィツキー症候群
逢坂　剛　重《じゅう》蔵《ぞう》始《し》末《まつ》
逢坂　剛　じぶくり伝兵衛〈重蔵始末(二)〉
逢坂　剛　猿曳遁兵衛〈重蔵始末(三)〉
逢坂　剛　嫁盗み〈重蔵始末(四)長崎篇〉
逢坂　剛　陰の声〈重蔵始末(五)長崎篇〉
逢坂　剛　北門の狼〈重蔵始末(六)蝦夷篇〉
逢坂　剛　遠ざかる祖国(上)(下)
逢坂　剛　牙をむく都会(上)(下)
逢坂　剛　燃える蜃気楼(上)(下)
逢坂　剛　墓石の伝説
逢坂　剛　新装版 カディスの赤い星(上)(下)
逢坂　剛　暗い国境線(上)(下)
逢坂　剛　鎖《とざ》された海峡
逢坂　剛　暗殺者の森(上)(下)
M・ルブラン原作 逢坂　剛　奇巌城
オノ・ヨーコ 飯村隆彦編　ただの私《あたし》
オノ・ヨーコ 南風椎訳　グレープフルーツ・ジュース
折原　一　倒錯のロンド

折原　一　水の殺人者
折原　一　黒衣の女
折原　一　倒錯の死角〈201号室の女〉
折原　一　101号室の女
折原　一　異人たちの館
折原　一　耳すます部屋
折原　一　倒錯の帰結
折原　一　蜃気楼の殺人
折原　一　叔母殺人事件〈偽りの館〉
折原　一　叔父殺人事件〈グッドバイ〉
折原　一　天井裏の散歩者〈幸福荘殺人日記①〉
折原　一　天井裏の奇術師〈幸福荘殺人日記②〉
折原　一　タイムカプセル
折原　一　クラスルーム
折原　一　帝王、死すべし
大下英治　一を以って貫く〈人間小沢一郎〉
大橋巨泉　巨泉〈人生の選択〉
大橋巨泉　巨泉流 成功！海外ステイ術
太田忠司　紅《べに》天蛾《すずめ》〈新宿少年探偵団〉

太田忠司　鴇色の仮面〈新宿少年探偵団〉
太田忠司　まぼろし曲馬団〈新宿少年探偵団〉
太田忠司　黄昏《たそがれ》という名の劇場
小川洋子　密やかな結晶
小川洋子　ブラフマンの埋葬
小野不由美　月の影 影の海(上)(下)〈十二国記〉
小野不由美　風の海 迷宮の岸〈十二国記〉
小野不由美　東の海神《わだつみ》 西の滄海〈十二国記〉
小野不由美　風の万里 黎明の空(上)(下)〈十二国記〉
小野不由美　図南の翼〈十二国記〉
小野不由美　黄昏の岸 暁の天〈十二国記〉
小野不由美　華胥《かしょ》の幽夢《ゆめ》〈十二国記〉
乙川優三郎　霧の橋
乙川優三郎　喜知次
乙川優三郎　屋烏《おくう》
乙川優三郎　蔓の端々
乙川優三郎　夜の小紋
恩田　陸　三月は深き紅の淵を
恩田　陸　麦の海に沈む果実

講談社文庫　目録